마음을
건네다

마음을 건네다

윤성택 지음

북레시피

마음을 건 네 며

좋은 시를 읽으면 그날은 하루가 선물입니다.

시가 곁에 있다는 느낌이

좀 더 고독해도 된다는 위로 같았습니다.

손에 닿는 대로 시집을 읽으면서

가장 좋은 페이지를 접어두었습니다.

그러고 나니 생각이 밀려왔습니다.

당신에게 건네고 싶은 마음,

그 상상이 활자로 여기에 고스란히 담겼습니다.

목차는 모두 내게

마음을 건넨 시의 집[詩集]에서 온 제목입니다.

맨 뒷장에는 어느 시인의 시를 읽었는지

서점이나 인터넷으로 찾을 수 있도록

시집과 출처를 상세히 적어두었습니다.

이 책을 읽고

이 글에 영감을 준 시를 찾아 함께 읽으면

마음에 풍미가 더할 것입니다.

마치 맛깔스런 레시피처럼.

이제 이 책의 마음을 당신에게 전합니다.

파주 정한숙 서원에서, 2017년 가을

윤성택

I 마음에도   길이   있어

1 한잔 하늘이 깊습니다

2 눈물 품기 좋은 날

3 삶은 이토록 타인으로 짙어지는 향기입니다

II 이제   잊지   않으려고요

III 사랑도 이별도 열대야입니다

IV 추억은 추억끼리 모여 삽니다

I

마음에도

길이   있어

1

한잔
하늘이
　　　깊습니다

마음의 집 한 채

마음에도 길이 있어 그 끝에는
집 한 채 서 있습니다. 현실의 내가
가끔씩 빠져드는 곳,
그 안에는 나와 똑같은 사내가
나를 기다리고 있습니다.
무슨 말을 하려는지 알고 있었다는 듯
마주 앉아 고개를 끄덕여주고
말없이 창밖을 바라봐줍니다.
추억은 집 주위로 무성합니다.
들어왔다가 나가는 길에도 이름 몇몇
묻어갑니다. 오늘은,
한잔 하늘이 깊습니다.

매듭

막상 그곳에 가야 실감할 때가 있습니다.
가는 동안은 만날 수 있을 거라는 생각이 앞서고
가서 만날 수 없다는 사실을 알게 되었을 때
생각을 뒤로하고 멍하니 보았던 하늘.
앞과 뒤가 같을 수는 없지,
생각 뒤에는 항상 앞에서 열어둔 문이
마음에 걸리고
생각 앞에는 항상 뒤에서 닫아둔 문이
마음에 걸리는 거지.
나의 세계가 당신에게 이해되기 위해서는
당신이 문을 열고 들어와
그날의 창문이 되어주는 거야, 라고
적다가 유치를 구깁니다. 참 알 수 없는 날씨는
예보로도 위로가 되지 않습니다.
훗일이 달라지면 시시각각 오늘이 뒤따라

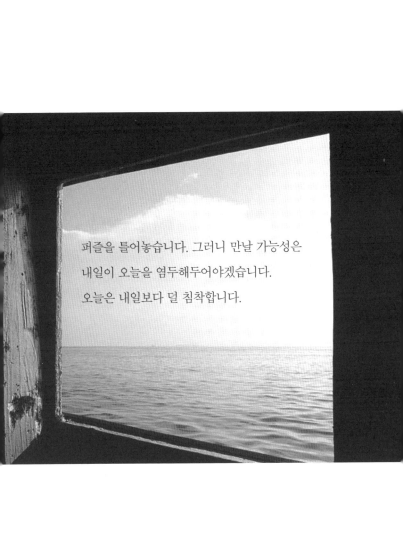

퍼즐을 틀어놓습니다. 그러니 만날 가능성은
내일이 오늘을 염두해두어야겠습니다.
오늘은 내일보다 덜 침착합니다.

소리의 탑

창틀이 소음을 신호등에 켜고 있습니다.
활시위처럼 한 번씩 차들이 오갈 때마다
생각은 번번이 다른 화음을 냅니다.

기다린다는 것은 저 멀리 보낸 기대가
박자를 놓치지 않겠다는 말,
이때쯤 저녁이 오고
그때쯤 밤이 가는
태생적으로 울울한 음악은
제 장르를 찾기 위해 타인을 떠돕니다.
팅, 줄을 튕기듯 노란 차선이 휘청이는 삼거리,
이제 악보가 마악 넘겨집니다.

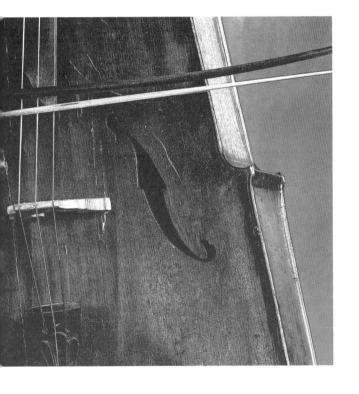

벽

벽은 경계이면서 안과 밖을 구분 짓는 상징입니다.

그러나 달리 보면

내가 속한 공간의 막다른 마지막 장소입니다.

울어도 괜찮은 곳은

이처럼 나의 가장 먼 마음의 끝입니다.

그래서 벽이라는 비밀성,

안온함으로 실컷 울어도

밖으로 새어나가지 않는

든든한 곳일지도 모릅니다.

어려울 때 기댈 수 있는 사람이 있다면 얼마나 좋을까,

라고 생각하다 보면 나는 벽에 갇힌 것이 아니라

벽이 나를 받아주고 있다는 생각이 드는 것입니다.

낡은 문이 가르친다

습관처럼 열고 닫았던 문도
생각이 있었던 것입니다.
문은 스스로 질문을 아귀에 맞춰보기도 하고
경첩에 답을 슬어놓기도 합니다.
사람도 관심을 두지 않으면 뒤틀리기 마련입니다.
삐끗, 그러려니 내버려두었다가
잡아당기고 밀치는 격한 감정 때문에
서로 열리지 않는 벽이 될 때가 있습니다.
부드럽게 조용히 손을 얹고
생각해봅니다. 내 문은 누가
열어두고 갔나,
습한 날들이 지나도록.

질투

그러면 안 되지 하면서도 가끔씩

악하게 마음먹다 화들짝 놀랍니다.

알면서도 모른 척 외면하고 행동할 때

내가 어디까지 악해질 수 있나,

나의 죄책감은 내 안 선함이 즐기는 기호嗜好인가

나도 모르는 불편한 감정.

알아서 미안한 감정과

그 감정 때문에 알게 된 미안함 사이,

나는 또 어제의 나를 혹독하게 매질합니다.

잊는다는 건

애써 기억하지 않고 난 훗일이어서

나를 그 시간에 가둬놓고 유유히 빠져나오는 그를,

나라고 불러야 하는 공모를 견뎌야 합니다.

잊힌 수많은 내가 절그럭거리며

다가옵니다. 나는,

가장 최근의 나를 밀고 갑니다.

슬픔의 산책

그동안 슬픔은 밀려오는 것이라 생각했습니다.
그러나 슬픔을 거닐거나 떠먹을 수 있게 된 건
그 감정이 나를 여러 번
삶 밖에서 불러냈기 때문입니다.
기쁨이나 행복만 맛보는 게 아니라고
무료한 삶이 종종 겪는 허기라고
슬픔은 나를 타이르고 타일러서 제 안 풍경을
열어 보여줍니다. 그 길을 걸으면
왜 이리 운명이 푸르고 고파지는지
더 살아야겠고 더 울어야겠습니다.
별은 죽음의 밝기로 반짝거리는 것이어서
누군가의 슬픔이 매일 그 빛을 길어와
밥을 짓습니다. 감정이 가난한 내가
문득 멈춰 한 번 더 그 냄새를 맡아봅니다.

옹이

견딜 수 있다는 것은 상처가 있기에
가능한 버팀입니다. 마치 굴복하지 않기 위해
생채기로 숨을 다스리듯, 상처는 살아야겠다는
흔적이기도 합니다. 그러니 나무에게 있어 옹이는
숨기고픈 상처가 만들어낸 자리이면서
향기를 내는 이유일 것입니다. 누구나
옹이 같은 응어리가 있기 마련입니다.
그 동심원을 가만히 생각하다 보면
사람에게도 포드닥 새 한 마리
내려앉을 것만 같습니다.
내면에 뿌리내려 흉터로 자라는 그곳은
치유가 꽃핀 자리입니다.

수묵의 사랑

번진다는 건 이 밤이 네게로
스민다는 삼투,
엎질러진 생이 안타까운 것이 아니라
그것을 치우려고 훑는 손길이
더 안쓰러워 피가 납니다.
삶은 유리잔과 같아 깨지는 순간
그 조각이 시간을 베어냅니다.
잊지 말라고 스며 나오는 피에게
휴지를 대었더니
손가락이 끝내 핏물을 빼고
상처를 보여줍니다. 그러니까 스민다는 건
삶이 그로 인해 벌어져 아릿하게
마음을 흘려보냈다는 것입니다.
왜 주었나, 왜 자꾸 거기로 번지나
피는 붉고

운명은 확산이라는 듯
며칠을 앓습니다.
딱지가 앉으면 제일 먼저
그 사람이 가렵습니다.

불알

산다는 건 세상에 자신을 낱낱이 부려놓는 것입니다.
희망과 절망 사이로 걸쳐진
목숨은 그래서 아스라합니다.
질기고도 질긴 생명은 몸의 감각이 반쪽일지라도
남은 한쪽을 끌고 갑니다.
아득한 운명 속으로 아비가 끌려가고
딸이 딸려갑니다.
슬픔이 스스로도 어쩌지 못할 때
고통은 숭고한 응어리로 가슴에 남습니다.
우리도 아버지의 서글픈 중심에서
비어져 나와 때로는 쓸쓸하게
시간의 끝으로 걸어가야 합니다.
불편한 것은 마찬가지입니다.
그러나 고개 돌리지 못합니다.

2

눈물
품기

좋은 날

이 봄엔

이별을 했었다고 말할 수 있다면

서로 갈리어 떨어져 나간 마음이

아직도 추억을 떠돌고 있다는 것이겠지요.

망각이라는 문 앞에서 몇 번이고 망설였을 한 사람.

풀꽃이 눈을 붙드는 것은

아주 오래전 내가 누군가에게 향기를

건넸기 때문입니다.

감기가 찾아와 몸을 앓는 것도

나도 모르는 내가 틔우는 열꽃 향일 것 같은,

향기 모두 내뿜고 수척해진 몸을 이제는

들녘의 풀꽃이 맡아줍니다.

이별을 공감하는 순간

어느 봄으로 수신된 약속이 시작됩니다.

완력

이어폰을 찾으려고 지하철 의자에 앉아
가방에 팔 넣어 더듬어보았습니다.
밑바닥에서 따뜻한 뭔가가 만져져
손아귀에 쥐었습니다. 정전기 일듯
손끝이 아릿한가 싶더니
그것은 저편 세상의 꽃이었습니다.
손가락 하나하나가 꽃잎이 되고
팔목은 여린 줄기로 흔들렸습니다.
그러나 그것도 잠시,
저편은 계절이 끝나가고 있었습니다.
손에 잡혔던 것은 서서히 사라졌고
꽃잎은 반지처럼 동그랗게 말려
하나씩 떨어져 내렸습니다.
넣었던 손을 빼낸 후 신기한 손가락을
폈다 다시 오므려봅니다.

그 꽃잎 손바닥에 올려놓고 들여다보는

상상이 현실만 같았습니다. 내려야 할 역은 다가오는데

누가 내 어깨에 졸음 겨운 머리를 기댑니다.

어깨도 잡아주는 힘이 있는지

가만히 받쳐줍니다. 몇 정거장 등져도

될 것 같은 저녁을 지나고 있었습니다.

오르간

음악이 일상에 깔리면 어느 곳이든
바람은 스피커가 됩니다. 바다가 음악이 되는 순간
파도는 선율이 되어 포말의 흰 손가락으로
백사장을 연주합니다. 오르간이라고
건반이라고 하룻밤 묵어가는 바닷가가
빈 소주병이나 버려진 비닐봉지에 드나들며
내는 소리, 혹은 누군가 바다에 와 이별했다면
어떤 레퀴엠이 저녁의 성당에 울릴까.
바다는 지금 긴 햇살봉으로 보면대 같은
서녘 창을 탁탁 두드리는 거라고.

낯익은 봄

자연이 본래의 길이었다면
문명은 그 길을 아스팔트로 덮어놓고
사람을 실어 나르겠지요.

도시에 봄이 온다는 것은
길 하나가 기어이 당도했다는 것입니다.
보도블록을 들어 올리며 피는 민들레나
시멘트 바닥을 샅샅이 더듬는 노란 꽃가루가
길 안의 길을 불러내고 있습니다.
하지만 단단한 각질 같은 물질에 갇혀
봄은 버둥거리기 일쑤입니다.
그렇게 소외되고 장애가 된 채 방치되어도
생명은 삶은 세상은 일어섭니다,
일어설 수 있습니다.
기지개를 켜듯 온 도시가 우두둑
봄의 근육에 꿈틀거립니다.

찬란한 봄날

익숙한 것이 낯설어질 때

삶은 생경한 곳에서 풍경을 키웁니다.

공간이란 의식이 점유한 일종의 영상 같은 것이어서

때때로 물성이 뒤바뀌고

배후가 주인공이 되기도 합니다.

촉촉하게 내리는 비가 간절해지면

나무도 자동차도 빗속 연못에 담겨 유영해야 합니다.

꽃향기가 물거품으로 떠다니는

근사한 상상이 어느새 지느러미를 달고

수심 안에서 자맥질합니다.

파문 한가운데 입질하는 빗방울

낚기 좋은 오후였습니다.

이강리 梨江里

노인들만 남은 마을이 쓸쓸함으로 와자합니다.
사람 대신 더 사람다운 자연은
이웃보다 더 아련하게
어느 오후에 세 들어 있습니다.
옥수수와 구름과 새들도
녹음이 우거진 한가운데
낡은 지붕에서 까무룩합니다.
강화도 거기쯤 가다가
차를 세우고
길을 놓아주고
덕분에
배경이 되어봅니다.

뒤

길가에 쪼그리고 앉아 꽃 피는 소리 들어봅니다.
실뿌리에서부터 추스르고 추슬러 꽃대까지
걸어온 꽃의 멀고도 먼 행로, 그 발자국 소리를
들으려 계절은 여태 뒤란에 머물러 있습니다.
삶과 죽음이 들숨과 날숨만 같아
밀려갔던 것들이 이제 돌아오는 듯한 꽃의 순례를
나무도 두 손 벌려 맞이하는 중입니다.
우리도 어쩌면 몸의 소속을 떠나 낱낱
흙이나 공중을 떠돌다 맺힌 의미일까 싶어서
마주보는 액정 속에서도 설핏,
손끝을 대봅니다. 터널을 지나듯 헤드라이트 같은
생각이 그 뒤에 닿았을까. 톡톡톡,
눈[ㅂ]잎 터는 소리.

꽃의 변이

낙타는 물을 품고 사막을 기릅니다.

걷고 또 걸어 계절을 횡단하는 고독,

꽃도 어쩌면 저를 돌아볼 시선들을 길러내기 위해

색을 짓고 있는지도 모르겠습니다.

비가 내리고 나면 한 걸음 더 깊어지는

꽃의 만발,

꽃 보러 간다고 터벅터벅 걸어보는

오늘은 낙타처럼

눈물 품기 좋은 날입니다.

유월의 독서

책을 읽다 보면 그 글자들이 내 안에 들어와

살고 있다는 느낌이 들 때가 있습니다.

한 장이 다른 한 장으로 길을 내듯

글자는 산을 세우고 저녁 해를 달아놓기도 합니다.

그러다 마치 블랙홀 같은 한 점 속으로

빨려 들어가는 시선,

그 작고 새카만 점이 여자의 것이 되어서

날씨는 초록을 넘기는 햇볕에도 귀가 접힙니다.

시간을 멈추고 책 속에서 한 일 년

살아도 좋을 유월입니다.

3

삶은 이토록 타인으로
짙어지는 향기입니다

속수무책

빗줄기가 촘촘하게 허공을 썰어냅니다.

단단한 저 은빛 날에

베어지는 생각들

베어져 흩뿌려지는 상념들.

한 방향으로 한 방향으로만

바람이 떠밀고 있는 밤,

들판에 서 있는 풀이 되어봅니다.

가만히 목을 내어봅니다.

비오는 날 창문을 열고

엎질러진 어느 날을 흘려보냅니다.

살아 있다, 난

알고는 있었지만 밤이 그토록
낮보다 진합니다. 커피를 마시다 보면
나 또한 누군가의 각성이라는 걸,
음미하게 됩니다. 그러니까
저녁은 아메리카노를 닮았고
새벽은 에스프레소로 내려집니다.
누군가 쓴 맛이 강해서
나 또한 식은 커피처럼
손 놓고 먼 산만 바라볼 때가 있습니다.
커피 머금는 그 시간,
아무도 몰랐던 낮이 밤으로 어둑해져
나도 내가 걸립니다. 으스러지는 원두의 낮빛이
오늘의 불면입니다. 깨어 있다면 보세요.
삶은 이토록 타인으로 짙어지는 향기입니다.
향기가 그토록 떠나야 하는 삶의 순간입니다.

커피를 좋아하는 사람이라면

입술에 댄 그 느낌은 구름의 예감입니다.

진한

먹구름을 따라놓습니다.

그 안이 다 보입니다.

가벼운 빗방울

빗방울이 맺히는 곳은 각진 곳이나
형체에서 가장 낮은 아랫부분입니다.
똑똑 떨어져 내리는 빗방울에 운율이 있고
바닥에 퍼지는 파문에도 울림이 있습니다.
글을 쓸 때 펜 끝에 맺힌 잉크가 그러하듯
달리 바라보면 빗방울이 매달린 게 아니라
그곳이 빗방울을 붙들고 놓아주지 않는 것만 같습니다.
가볍다고 여겼던 일이 무거워지고
무겁다고 느꼈던 짐이 홀가분해지는
무게와 무게가 저울에서 빙빙 도는 날에는
하던 일 멈추고 창밖 바라봐도 되겠습니다.
내가 매달린 게 아니라고
시간 한 방울 털어봐야겠습니다.

자기를 함부로 주지 말아라

하루가 팍팍하다고 느낄 때
사람 사이가 이리 재고 저리 재고
재단되고 있다고 여겨질 때
활자들은 죄다 난해하고
말들은 은유에서 질척입니다.
그런 날은 그냥 쉬워지고 싶습니다.
읽히는 대로 나를 내맡기거나
듣는 대로 받아 적고 싶습니다.
어른을 어른이 가르칠 수 없어서
글이 글을 훈화하는 시간이 때로는 필요합니다.
실천해라, 강령이다
오늘은 말씀이 밝은 날입니다.

족필足筆

길이 일생을 제본하는 것이라면
걷는다는 건 삶의 순간순간을 적어내는
것이어야 합니다.
한 권의 운명이 완성되어갈 때
걷다가 지치면 어느 낯선
여인숙에 묵어가듯,
살면서 지나친 꽃들은 내 몸에 잠시
향기로 숙박한 손님입니다.
태어나 우리는 얼마나 많은 길을
지나왔고 또 접어들어야 할까요.
삽화처럼 꽃은 무시로 나타났다 뒤안길로 사라지고
인연도 그처럼 피었다 져갑니다.
어쩌면 그때 그 꽃이 이 길 너머
모퉁이에 있을 것만 같아
꽃들에 마음 적신 운필이 자꾸만 서툽니다.

휘청거립니다.

발이 발에게

신발에도 인격이 있다면
발에서는 그의 품성이 묻어납니다.
우리가 일상에서 소모품이라고 여겼던 것들,
사실 조금 고독해하거나 애잔하게
곁에 있어줬다는 생각.
그 믿음이 가까스로 견뎠던 것은
오롯한 내일이 기다리고 있기 때문입니다.
어디든 데려가주고 또 어디든 먼저 디뎌보며
몸을 위해 뒤축을 닳아냈던 신발,
오늘은 좀 먼지를 털어내고 헝겊으로
쓰다듬어주어야겠습니다.

얼룩나무 잎사귀

너무 많은 얼룩을 피워냈겠다 싶은,
나무가 내 안에 뿌리내리고 있습니다.
의지와는 상관없이 키워졌던 일들이
내 이름으로 가지를 내고 짙어집니다.
사는 것이 고단한 광합성만 같아
나무 아래에 서면
잎잎의 표정이 햇볕에 성겨 시립니다.
아직도 끝나지 않은 기억이
깊은 곳에서 이끌려 올라오고 있습니다.
얼룩이 얼룩을 매다는 계절입니다.

부엌의 불빛

부엌은 어머니를 중심으로 형성된 세계입니다.
그릇, 주방도구, 식자재들이 차례로 손길 따라
자전과 공전을 거쳐 요리로 완성되겠지요.
그래서 따뜻하고 안온한 부엌이었습니다.

이 신비로운 공간에서 어머니는
현재에 안주한 적이 없었습니다.
늘 몇 시간 후 가족의 허기와
무질서의 집기와 남은 음식을 다스렸습니다.
그러므로 어머니의 부엌은 낯설고도
경이로운 현상이 출현하는 장소입니다.
고양이가 불빛을 핥거나 수도에서 불빛이 쏟아져도
어머니 눈물이 등유가 되고 그 불빛을 개가 삼켜도
아릿하도록 아름다운 풍경입니다.
부엌을 밝히는 불빛으로 우리가 태어나
이렇게 그 우주를 추억하기 때문입니다.

지팡이

유년의 어귀에는 항상 할머니가 있습니다.
그리고 언젠가 우리도 그 나이가 되어가면서
한 아이의 유년에 등장하겠지요.
할머니를 오래 생각하다 보면 그 일상에
경애의 마음이 깃들기 마련입니다.
적적하진 않았을까, 곁에 누가 있어야 하지 않았을까.
이러한 절실함이 사람보다 더 사람다운
지팡이를 기억하게 합니다. 굽은 허리 높이만큼
제 몸 닳게 해 할머니를 지탱해준 지팡이,
그렇게 생전에 못다 한 마음을 상상이 대신합니다.
어쩌면 우리에게도
쥐여질 지팡이가 어느 산 어귀에서
씨눈 감고 있을지도 모르겠습니다.

전화 드릴게요

다니던 직장을 관뒀다. 습관처럼 아침에 나와 차에 시동을
걸다 문득 무력감이 나를 몰고 있구나 싶었다. 생각이 시동
마냥 부르르 떨렸다. 핸들은 갈피를 못 잡고 이리저리 헛돌
다 도열한 건물들을 간신히 빠져나왔다. 외곽이 그제야 차
를 여백에 담는다. 고향으로 가는 길은 언제나 필름의 릴처
럼 추억을 감아간다. 한 편의 영화를 보는 것 같은 차창 너
머, 서 있는 사람은 항상 어머니다. 집은 낡은 나를 알아보
고 대문을 삐걱거린다. 코흘리개가 까까머리가 되고 여드름
투성이가 돼서 검싯검싯 구레나룻을 길렀던 날들이, 반갑게
웃는 어머니 얼굴에 묻어난다.

"왜 그리 내 얼굴을 뚫어지게 바라보누?"

시선을 거두면 어느새 식탁 위에 음식이 차려져 있다. 창문
이 어머니를 비췄다. 숱 적게 성긴 머리칼이 주름진 이마에
서 출렁거린다. 희미한 눈썹은 가냘픈 입술의 윤곽만큼 왠
지 아리다. 잔주름 안으로 부드러운 햇빛이 성겨 그 자리에
기억이 들어앉았을 터다. 얼굴은 그 사람의 과거와 생활의

기록이다. 누군가를 알고 싶다면 그 사람 얼굴을 살필 일이다. 얼굴은 피부가 얇아, 반복되는 표정에 선이 점점 뚜렷해진다. 어머니는 일생의 일부분을 얼굴로 갖고 계신 셈이다. 표정 하나하나가 지나온 삶을 주름 속에서 재생한다. 소란스런 상상이 정오의 햇볕에 그늘졌다. 어머니는 말이 없고 창밖 나무들은 민낯으로 앙상하다.

"왜 이리 늙었대?"

딴청 피우듯 내뱉은 퉁명스런 말에 나도 내가 밉다. 일선에서 밀려난 자괴 같은 것이 아집으로 양 볼에 가득 찼다. 알게 모르게 빚진 마음이 숟가락으로 떠넘겨 온다. 모락모락 밥알들은 애써 열기를 보듬고 차지게 뭉쳐 있다. 사실 어머니 얼굴을 쉽게 잊고 살았다. 사직서가 나를 알아차리지 못한 그날처럼, 모든 게 순간 같았다. 어디서 어머니 얼굴을 잃었던가. 추억은 무시로 옛 얼굴로 나를 불러세운다. 세월이 여러 사건과 함께 과거로 밀려나듯 어머니 주름을 하나씩하나씩 지워가야 한다. 그 흔적을 지워가며 만난 과거에서 어머니는 환한 얼굴로 되살아난다. 하지만 기쁨과 슬픔의 진폭으로 등고等高의 주름이 잡히는 세월은 어쩔 수 없다. 그러니 세월은 경대鏡臺를 닮았다. 과거를 돌아보는 거울, 충실하게 살아온 지난날이 얼굴에 비치는 것이다.

여태껏 손에서 일을 놓지 않고 계신 어머니다. 버무린 깍두기를 큰 양푼에서 김치통으로 수북이 담는 손은 여전히 고무장갑을 끼지 않은 맨손이다. 어머니가 담근 깍두기는 매콤하고 아삭아삭해 씹을수록 개운한 맛이다. 철들기 전엔 그 맛을 몰랐었다. 반찬 투정으로 만만한 것이었을 뿐. 어린 나는 얼마나 못났던가. 인상은 찌푸리면 찌푸릴수록 피부가 쭈그러들어 주름으로 자리 잡는다. 얼굴은 스스로가 담아내야 할 마음의 잔상이다. 그래서 얼굴은 일기장과 같다. 매일매일 자신의 얼굴에 감정을 기입하다 보면 자주 사용되는 표정으로 접히기 마련이다. 마치 인과의 법칙처럼 얼굴은 시간이라는 거울을 통해 삶과 마주보게 된다. 마음속 풍경이 내면을 보존해오고 있다는 징표이리라.

"인제 가면 언제 또 올려?"

김치통을 보자기에 싸면서 어머니가 물었다. 어머니는 유심히 내 안색을 살피며 자식의 표정을 읽는다. 그 직감은 삶을 관통하는 철학에 가깝다. 살아온 내력에게 주름을 내주었지만 마음만은 아직도 성성하다. 끝내 들키고 마는 속내 앞에서 한없이 작아질 수밖에 없다. 인상의 밀도가 깊이를 더해 햇볕마저 찡그림 없이 어머니의 얼굴에서 머물렀다. 전화 드릴게요, 라고만 말끝을 흐리고 서둘러 대문 밖에 섰다. 문 밖 목련을 보니 왠지 부끄러웠다. 이제 막 솟는 하얀 봉오리들. 어쩌면 나도 스스로 피어났다고 오만하게 살아온 건 아닐까. 눈부시도록 파란 하늘이, 한낮 태양이 나를 여과 없이 관통하는 것이. 나무는 가지의 속살을 꽃에게 내주며 그토록 햇살을 쓰다듬었을 것이다.

Ⅱ

이제

잇지　　않으려고요

1

착한
사람들의
　　　날씨

예보

날씨가 내일에서 우리를 기다립니다.
계절도 어쩌면 오래전부터 이번 봄을 준비했는지
모릅니다.
대체로 순응하는 사람은 착한 기질이 타인을
앞섭니다.
그래서 예보를 믿고 우산을 준비하는 사람은
선의의 신념이 있습니다. 그러므로 예정대로
오늘은 착한 사람들의 날씨입니다.
그런데, 예보를 믿고 순응하고 그 말 전하는 착함이,
혹시 맹신은 아니었을까.
날씨가 좋아 아무 말 못하겠습니다, 라고
문득 괴괴한 편에 서봅니다.

금

순수하고 깨끗한 사람일수록 금이 잘 보입니다.
표정만 살펴도 화가 났는지 슬픈 것인지
금방 알 수 있습니다. 어떤 일에 있어서
원인도 분명하고 결과도 투명합니다.
그런 사람에게서 환히 내비치는 마음을 쬐다 보면
어둑했던 심경도 어느새 뽀송뽀송해집니다.
금간 데를 알 수 있으니 갈아 끼우듯
거기서 잘못되어서 미안하다고 가만가만 달랩니다.
그 사람이 웃으면 내게도
온기가 쏟아져 내립니다.
의뭉스럽거나 비열한 사람의 도통 알 수 없는
속내 때문에 헛짚을 때,
혹 나도 무언가 들킨 것은 아닌지
마음 가리느라 팔짱을 풀지 못했던 날도 있었습니다.
금이 나를 깨기도 하지만

그런 금이 나를 품어왔는지도 모릅니다.

아무튼 당신 앞에선 잘 닦아놓습니다.

백색-손톱

손톱이 밤사이 더 자랐다면
그날 밤 꾼 꿈은 야성입니다.
제 스스로 생장점을 갖고 손끝에서 쉼없이 솟아나는
손톱,
살도 아니고 뼈도 아닌 기이함.
그래서 종종 손톱은 할퀴며 구애하는 짐승을
상상하다가
깎여 나갑니다. 사람이 되기 위해
몸으로 반응하는 습성을 잠재우기 위해
손톱을 다듬고 매니큐어를 바르기도 합니다.
그러나 아무리 숨겨도 드러나는 마음은
어쩔 수 없습니다. 나보다 더 먼저 그를 잡아채려는
손톱을 다독이면서 거친 끝을 갈아줘야 합니다.
스며야 한다고, 상처 내지 않는다고
사람아 사람아

끝을 잘근잘근 물어뜯을 때도 있습니다.

통성명

혼잣말을 할 수 있는 사람은
당신에게 먼저 말 건넬 수 있는 사람입니다.
거울이 눈짓하거나 차창이 고개를 끄덕여줄 때
자신에게 얼마나 길들여준 건지
호흡을 가다듬기도 합니다.
이름이 무엇입니까, 관심은
이제 잊지 않으려고요, 대답과 같아서
회상은 먼 훗날로 나아갑니다.
내 안 깊은 곳 나도 모르는 무의식에서
헤쳐 나온 기시감. 만난 것도 같고
오래 알고 지낸 것도 같은,
친밀이 지느러미처럼 스르르 나를 훑고 갑니다.
내 이름은…

다시 하얗게

그리움을 허기라고 적습니다.
혼자 밥 먹을 수 있는 사람은
잊혀가는 것이 끼니처럼 쓸쓸하다는 걸
곱씹고 있습니다. 빗소리

양철지붕 두드리거나
가없는 산사 풍경을 흔드는 것이어서
사선으로 긋고 그은 잿빛을
물끄러미 바라봅니다. 저 밖은 지금
고요한 빗속이 되기 위해
눈동자와 마주하고 있습니다.
비는 내려주시고
기다리던 기차는 밤새
차고지에서 어둡습니다.

창문에 매달린 저 먼지들도 한때는

내게 언제 가라앉아 있었는지
손끝을 대면 쏠리는 이 감정,
열어두었던 마음 탓이었을까.
한낮 열린 틈으로
햇살이 길고 긴 빛 내려보내 채집하는
적요가 그 뒤태입니다.
바라볼수록 날리는 그것을 어찌지 못하고
고독을 뒤집어쑵니다.
누군가 장중 바닥을 칩니다.

껍질이 기록되는 수거함

섞인다는 말에는 익명성이 스며 있습니다.

나와 너의 존재감은 이 섞임을 통해

그들이 되어가기도 합니다.

헌옷 수거함 속을 들여다보면

한때 한 사람의 첫 감정이었을 치수와 색들이

보풀로 들어앉아 어둠에 눌려 있겠지요.

자유로운 듯싶지만 어딘지 쓸쓸한,

버린다는 행위를 생각해봅니다.

쉽게 잊히고 쉽게 알아가는 세상에서

우리 또한 누군가와 섞이고 자신도 모르는

카테고리에서 명멸하고 있는지도 모르겠습니다.

다 버렸다고 뒤돌아설 때

누군가는 그 기억을 주워 앞뒤를 살핍니다.

무언가無言歌

말은 틔우면 틔울수록
져야만 하는 운명이 있습니다.
말 때문에 상처받고
말 때문에 위로받는 삶에서
봄날 흐드러진 벚꽃을 올려다봅니다.
어쩌면 봄은 꽃의 수다로 가득한
말의 향연일지 모르겠습니다.
무언가와 無言歌의 차이,
약과 악의 간격,
플러그로 연결된 나무들에서
새삼 말을 배웁니다.
침묵 속에서 아우성거리는
꽃의 문장을.

왜냐고 묻는 그대에게

질문하면 대답하고 대답하면 질문하는 반복,
때로는 이 과정이 삶을 소유하는 방식입니다.
깨달음을 얻기 위해 밤은 낮보다 더
쓸쓸해지기도 합니다.
나를 나이게 하는 끊임없는 물음에서
한 발짝만 물러서면 소란스런 욕심도
그저 그렇고 그런 소음일 뿐입니다.
말없이 정말 말없이 보기만 해도 수많은 은유로
비치는 사람이 있습니다. 생각이 많아서
마음은 종종 말을 잃습니다.
잘 있을 거란 말, 나를 내다보며
오늘은 적막해지기로 합니다.

2

추억에
접붙이기
　　　좋은 계절

주소지

나무의 망울에도 주소가 있어
매년 봄이면 꽃이 배달됩니다.
오차도 없이 산수유, 목련꽃이 착착 전해지는
나뭇가지를 보고 있노라면,

우리 삶도 생명의 좌표이면서
주소지이겠다 싶습니다.
이생에서 오래 머물수록
뿌리를 뻗는 인연도 깊어져,
누군가 내비게이션으로 점찍듯
먼 길 돌아오고 있는 중입니다.

꽃을 만진 뒤부터

햇볕이 몸을 다독일 때 그 안 깊은 곳에서는
기억이 뿌리내립니다. 누군가를 떠올리는 것도
빛의 한가운데로 그를 쬐게 하는 것입니다.

만지면 전해지는 온기,
그게 사람이든 꽃이든
마음에 들여놓는 것이라고
나도 그처럼
살아야 할 근사한 이유가 되어봅니다.
서둘지 말라며
찡그린 표정 위로 햇발이
주렴처럼 찰랑입니다.

금강경을 읽는 오월

씨앗 속에서 다리 뻗으며 나와
몸을 일으키는 나무, 웅크렸다가 기지개 켜듯
가지에는 하품을 매단 잎들이 울울합니다.
후, 하고 뱉은 씨앗이 고욤이 되기도 하고
휴, 하고 뱉은 날숨이 기대가 되기도 하여
추억에 접붙이기 좋을 계절입니다.
주기도문이나 독경이 햇볕에 섞여
먼 데서도 아지랑이로 중얼중얼거립니다.
신파적이라면 18번 부르고픈 잎들이
일제히 구름 버튼을 눌러대는 거라고,
숲 노래방에 마이크 줄 길게 비행운이 지납니다.
아, 가만 좀 있거라
누가 말려주는지 바람처럼 시가 다녀갑니다.

쓰러진 나무에 대한 경배

단단하다는 건 휘어질 수 있는 모든 가능성을
제 안 옹어리로 버티게 한 촉감이 아닐까,
스스로의 신념이 철근이 되고
에고의 강한 콘크리트가 완성해놓은
'나'라는 구조물.
그리고 그 안으로 들여온 감정들.
이념이나 사랑 같은 것이 덧대고 겹쳐져
더 이상 문 밖으로 밀려 나올 수 없을 때,
벽은 기어이 허물어지고 맙니다.
폭풍우를 견디고 견디다 쓰러진 나무에게도
휨과 단단함 사이
수없이 무게 중심을 오가며 번민했을
뿌리의 결단을 생각해보게 됩니다.
무언가를 위해 삶을 바치는 것은
이토록 결연한 것이어서

산다는 것보다 살아내는 이 순간이

더 영원일지 모르겠습니다.

거기에는 나와 당신이 슬어 있으므로.

봄길

걷는 그 자체가 길입니다.
뒤돌아보면 길은 따라온 듯싶지만
사람을 앞서가지는 않습니다.

갈림길에서 망설였던 사람,
길 위에 서서 문득 발끝만 봤던 사람,
그 사람이 길이 되어
여기로 걸어옵니다.
아른거리는 길이,
봄을 내고 있습니다.

6월

길이 노래라고 느껴질 때
가는 여정은 내내 허밍처럼 여운이 깁니다.
가고자 하는 곳에 이르는 게
어떤 목소리를 듣는 거라고 생각하다 보면
유월의 여행은 그리운 선율입니다.
낯선 곳인데도 낯익다고 여겨지는 건
먼 훗날 추억이 여기를 기억해주는 거라고
적어봅니다. 저녁 해 너머 장마가
턴테이블에 올려졌다고,
유월이 그렇게 느릿느릿
소리 골 따라 흰 차선으로 흘러갑니다.

들길 따라서

길이 삐끗한 발목에게 절뚝이며 내어주었던
오후가 있었습니다.
부축을 받으며

뼈의 금을 딛고 또 딛고 걸어야만 했던
그 쓰림,
괜찮다고 별거 아니라고 웃어 보였지만
발목은 이미 나를 잊고
제 스스로 감각을 버리고
퉁퉁 부은 추억에
쇳대 걸치고 나사를 고정합니다.
아파요? 괜찮아요?
여태 이 목소리가
길 위에서
벼랑에서 메아리로 떠돕니다.
눈발처럼 폭염이 날리고

매미 울음이 이명으로 푹푹 빠지는 팔월,

낭떠러지 같은

깁스가 생각나는 환한 길.

기타를 삼키다

연주란 사람의 언어를 악기로 번역하는 과정이 아닐까,
기타의 현이 공명통으로 발음하는 선율을
가만히 듣다 보면,
한때 나무가 쥐었던 바람이 전해집니다.
그러니 기타리스트는 주술처럼 나무의 영혼을 불러내
함께 울어주는 사람입니다.
기타가 다독이듯 가슴을 안아주는 것도
코드를 짚는 손끝을 그러잡는 것도
제 몸으로 할 수 있는 위로의 방식이겠지요.
새벽에 기타 연주를 듣습니다.
스트로크 할 때마다 안개가 피어나고
내 몸 갈비뼈 웅웅 울립니다.
어느 간이역 스위치백에 머무는 화물기차처럼.

음악

음악은 듣는 것이 아니라 선율이 만든 공간을
탐험하는 거라는 생각을 해봅니다.
음곡은 유영하는 어둠이고,

박자는 그 안의 한줄기 빛으로 깜박입니다.
그렇게 음악 안에 있으면
송수신 두절된 우주선만 같아
너무 멀리 온 건 아닌지 몸을 돌아봅니다.
삶은 내가 아니어도
무의식이 알아서 관성대로 살아갈 것이고,
세상 몸들은 가없이 떠도는 주파수에 의지한 채
교신을 기다리겠지요.
가끔은 영혼이 음악을 떠돌다 몸을 놓치기도 합니다.
그때는 나도 내가 아닙니다.
그냥 가만히 어느 도킹을 기다릴 뿐입니다.

3

가장
아름다운
청춘

스무 살

발음하기만 해도 마음 한구석 알싸한.

그 스무 살.

누구나 다 지나는 중이고,

누구나 다 지나쳐버린

그 뜨거웠던 정류장.

만국기가 펄럭이는 사랑을 주유받던,

휘발유통 매달고

폭주했던 그 뜨거웠던 날들.

벚꽃

꽃잎은 사나흘 동안 벚나무 늦은 저녁을
모두 걸어갑니다. 겨우내 꽃 피우기 위해
길어 올렸던 색의 마지막 모습입니다.

하지만 그 며칠 동안 화려한 꽃비를 맞으며
우리는 일 년을 기억합니다.
어쩌면 가장 아름다웠던 청춘이
벚꽃 흩날리는 봄날인지도 모르겠습니다.
누구나 청춘을 지나왔고,
청춘의 감성을 누릴 후일담이 있습니다.
그런데 말이지요. 이 봄날 벚꽃이
내게 지는 것이 아니라
내가 보는 앞에서 져주는 건 아닐까
생각이 드는 건 왜일까요.
삶과 죽음이라는 극단을 지나니
나는 당신에게 무엇이었을까,

질문이 후드득 떨어져 당신 눈에 젖습니다.

내 기억을 알아보는가,

벚꽃이 그렇게 바람을 켜고 있습니다.

건강한 생각

시간을 쓸 줄만 알았지 벌 줄은 몰랐습니다.
매번 흘러만 가는데
붙잡아두거나 되돌릴 수도 없는데
시간이 뭔가를 해결해줄 것만 같습니다.
시간은 그렇게 일생을 부리며
충전된 만큼 살아주다
방전이 되어갑니다.
시간을 다 써버린 몸은 자연으로 돌아가
어느 기일에 불현듯 뭉쳐지기도 합니다.
시간 나면 하라는 말,
시간이 내주지 않아 아무것도
할 수 없다는 것만 같아
어떤 시간은 아껴두고 싶습니다.
모월 모일, 그날까지
어쨌든 살아갈 테지만

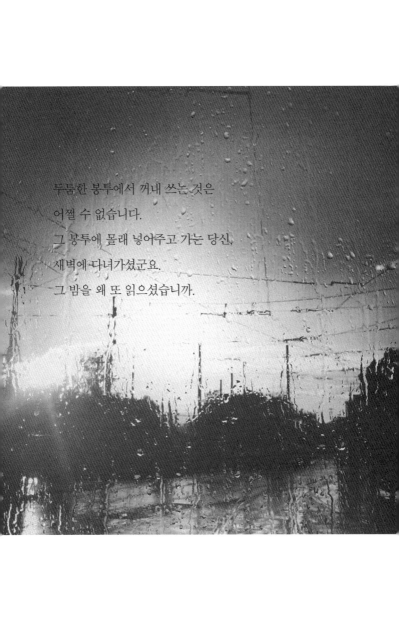

두툼한 봉투에서 꺼내 쓰는 것은

어쩔 수 없습니다.

그 봉투에 몰래 넣어주고 가는 당신,

새벽에 다녀가셨군요.

그 밤을 왜 또 읽으셨습니까.

봄밤

길이 몸과 동행하면서 여행이라는 감성을
갖게 되었다면 어떨까,
길은 길대로 지금까지 떠돌고 있다고
우리는 어느 샛길에서 그 마음을 만나곤 합니다.
등나무 줄기가 오른쪽을 편애하는 것도
길이 길들여놓은 주관일지도 모르겠습니다.
오른쪽으로 기운 지구의 지축이 아니더라도
우리는 종종 오른편이어서 밝다는 말을 쬐야 합니다.
그래서인지 갈 데까지 갔다가 막다른 곳
등나무 벤치도 왼쪽 자리가 편해 보입니다.
시간도 오른쪽에서 왼쪽으로 지나쳐 왔는지
늦은 봄날 흘깃흘깃 돌아보는
청춘이 남일 같지 않습니다.
줄기 끝에 불을 켜둔 등꽃을 오래 생각합니다.

분꽃 피었다

어느 날 불현듯 나타난 사람,
관심조차 주지 않았는데 자꾸만 곁에 머물며
인연을 틔워냅니다.

어쩌면 어느 먼 과거 어딘가에서는
꽃 꺾어 건넸을 사람이었을까.
운명이 몇 개의 잃어버린 기억을 링크해줍니다.
그렇게 분꽃이 나를 이해시켜줍니다.

아름다움의 출생지

아름답다라는 형용사를 생각해봅니다.
그 수사를 내게 초대하기 위해서는 마음 곳곳
쓸고 닦아 정갈하게 자리를 만들어야 합니다.
아름다움이 노크를 하고 들어와
내 안에서 머물다 가는 상상,
그는 선생이면서 연인이면서 친구였을까.
누추해진 심성에서는 절대 발길조차 없는,
스스로 완벽하지만 누가 불러주지 않으면
세상 밖에서 밝음과 떠돌 수밖에 없겠지요.
그런 그가 내 안으로 걸어옵니다.
모월 모일 그가, 눈앞에 나타나
아주 잠깐이었지만 바람소리를 들려주었습니다.

지난날의 장미

가시에 긁혀본 적이 있어서
장미는 그저 한 발짝 뒤에서 보는
열렬이었습니다. 그런 장미가 여인이었다면
어떠했을까. 숙맥 같은 사람,
벙근 꽃을 휘늘어뜨린 채
울타리 잡고 긴 머리카락 날리며
새초롬 건너다보는 표정일까.
붉은색 긴 스카프로 목을 감아
끌어당기고 있다는 상상.
바람이 일러주는 두 눈 감는 센스에서
가시가 가시가 자꾸 생각나
뒤뜰 갔다가 찔려버린 어느 여름,
갓 핀 꽃잎 꼬깃꼬깃 뭉친 속을
들여다보고 있으면
꼼꼼하게 접어 넣은 설명서만 같아

장미라고 읽고

향기를 반으로 접습니다.

기차

살면서 많은 사람이 자신 앞에 멈추기도 하지만
정작 그 마음으로 걸어내린 이는
그리 많지 않습니다. 차려놓을 것도 별로 없는
변변찮은 시간일지라도 지나고 보면
그 사람을 예우한 성찬이었습니다.
곧 그가 떠났고 세월은 흘렀지만
무언가 기다린다는 느낌은 떨칠 수 없습니다.
기다리고 기다리다 감정의 끝까지
가봤다면 어땠을까. 너무 늦은 건 아닐까,
기차는 여전히 앞을 지나는 것이어서
그 사람에게 가보기로 합니다.
그리고 그제야 그걸 깨닫습니다.
그 사람도 그날 이후 많은 기차를 보내며
기다려왔다는 것을.

감전

영혼이 몸을 입으면서 남겨둔 것

21g

20w

생명이 다하는 순간

몸에서 분리된다고 합니다.

이 무게와 에너지는 지상을 떠돌면서

불현듯 나타나기도 하겠지요.

스웨터의 정전기로

그 집 앞 손잡이로

문득문득, 누군가를 기억하라고

센서를 켜듯 찌릿한 메시지를 보냅니다.

열외 없이 지나온 세월 속에는

눈물 흘러 감전되는 시절이 있습니다.

그래서 마흔 즈음 누전은

누구나 겪거나 겪어야만 하는

밤일지도 모르겠습니다.

밤새 웅웅거리던 냉장고가 멎으면

제일 먼저 바닥이 스며 젖습니다.

마치 거기가 원래 자리였다는 듯

별빛도 지상으로 가없이 선을 그어갑니다.

탁, 탁

누군가가 자꾸 아릿하게 켜집니다.

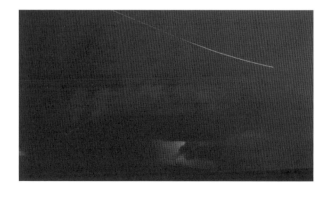

막걸리 한잔

재래시장 허름한 전(煎)집에 앉아 막걸리 마시는 바람을 이뤘다. 저잣거리 같은 일상에서 '삶틱한'이라고 해야 할까. 몇해 전부터 과음을 하지 않는다. 한때 철없이 소주 몇 병은 비웠던 걸 떠올리면 이제는 몸이 내 마음을 사린다. 가눌 수 없는 생각이 깊어져 비틀거리는 나를 받아주기가 어려웠던가 보다. 돌아보니 그 추억은 허기를 닮았다. 곰곰이 곱씹어봐도 끼니를 허겁지겁 때우듯 지나쳐온 옛일이 허허롭기는 마찬가지다. 막걸리 따라놓은 대접의 테두리가 얽고 찌그러져 있다. 무수한 입술이 닿으면서 닮았다고 해야 하나. 산다는 건 오도카니 막걸리 그 탁한 빛깔로 가라앉는 것인지도 모르겠다. 언제 들이켜올지 모르는 희망과 절망 그 언저리에서 기다려야 하는.

아버지는 막걸리를 좋아하셨다. 깍두기나 김치 안주만으로 식사를 대신하기도 했다. 느긋하게 취하면 껄껄 웃으며 "막걸리에 취하면 니 색시도 몰라본다"라고 했던가. 허연 난닝구 걸친 초등학생 아들 둘 앉혀놓고 저녁이 트로트풍으로 흘렀던, 꼭 한 번은 꺾어 부르곤 했던 노래, '발길을 돌리려고 바람 부는 대로 걸어도 돌아서질 않는 것은 미련인가 아쉬움인가' 어머니가 말리지 않았다면 몇 번은 더 불렀을 최병걸 노래가 그렇게 낙천적일 수 없었던 여름밤이 있었다. 가슴에 묻어난 노랫말이 얼마나 깊었는지, 그날 밤 아버지 코고는 소리도 뽕짝이었다.

요즘은 한차례 소나기에도 구두 속 양말이 젖는다. 밑창을 살펴도 갈라진 데가 없는데 자꾸 물이 스민다. 구두가 나를 신고 다니다가 아무도 모르는 헐렁해진 틈을 홀짝이는 걸까. 양말이 젖어 어디든 앉아 있을까 하고 올려다보니 전집의 벽걸이 선풍기도 얼룩얼룩하다. 어쩌면 이 막걸리는 나를 기다린 것이 아니라 젖어 있는 걸 기다린 게 아닐까.

종종 시장을 지나치면서 중간 어디쯤 내가 무턱대고 앉을 수 있는 단골집이 있다고 상상한 적 있다. 팔목의 시계가 나를 이리저리 이끌고 갔던 곳에 서서 문득. 그러면 나는 막걸리 한 병을 시켜놓고 신 김치 한쪽 맛보며 어서 앉으라고 왜 이리 늦었냐고 말했을 것이다. 선풍기는 연신 고개를 끄덕이며 후덥지근한 열기를 들어줄 테지만 대답은 주인아주머니 도마질이 전부다. 몇몇 이름이 막걸리 희멀건 자국으로 입가에 남는 이 저녁 무렵은 휴대폰도 대리운전 안내 문자를 띄워주곤 한다. 챙겨줘서 고맙다, 안부란 잔 돌릴 때 손바닥으로 입술 댄 곳 쓰윽 문질러 건네는 게지.

아버지는 어느 날부터인가 말을 잃었다. 아니 혼잣말 속에 들어가 먼 산을 바라보는 날이 많았다. 일하다 다친 허리 때문에 보름을 병원에 입원하고 돌아온 후였다. 병실로 아버지를 보러 갔을 때 창문 너머 흰 라일락에서 그윽한 향기가 가뭇없이 창틀에 묻어났다. 바람이 휘휘 젓듯 돌아 나오는 병원 어귀에서 환자복 입은 아버지가 어서 가라고 손짓한 것이 그날의 일기였다. 생각해보니 그때부터 아버지는 막걸리를 말없이 드셨다. 보상, 위로 같은 말들이 망망한 그 저녁에 부유했던가. 그것들이 떠올라 텅 빈 시간 속을 먼지처럼 떠돌다 지금 내게 내려앉고 있다. 아버지 바지 주머니 몰래 뒤져 쥐고 나온 동전 몇 개처럼.

시간이 늦었다. 때가 되면 자리에서 일어서야 한다. 삶과 죽음이 그러하듯 머무는 것보다 떠나는 것에 익숙해지는 나이가 되었다. 이 세상은 다만 과거 어딘가에서 빌려온 날을 갚아가는 거라고 생각한다. 삶을 위해 애썼던 날들이 오늘은 왜 자꾸 태연해 보일까. 막걸리에서 흙맛이 난다고 머리를 갸웃했을 때부터 편의점 주류 냉장고를 자주 열어봤을 것이다. 왜 집 앞에 왔다가 뒤돌아 주막에 가고 싶어지는지. 아버지가 그랬던 것처럼 나도 삶의 어느 모퉁이에서 한 번쯤 흙바닥에 주저앉았던 거라고. 막걸리 한잔 들이켜면서 아버지가 불렀던 노래를 흥얼거린다. 난 정말 몰랐었네. 시원하게 목넘김 너머 텁텁하고 알싸하게 섞이는 맛, 막걸리지. 삶은 그래봐야 수수부꾸미 섞어 한 접시 만 원.

III

사랑도

이별도   열대야입니다

1

마음 두었던 곳이
꽃 피는
　　　　자리였습니다

○

내 몸속에 잠든 이 누구신가

나와 그대는 분명 다른 존재이고,

각기 자신의 영역에서 바라보는 대상입니다.

그럼에도 내가 떨리고 뜨거운 이유는,

물리적 환경이 아닌

마음의 소관으로 연결되어 있기 때문입니다.

관심을 갖는 것은

그대의 안에 감정을 가설하는 것입니다.

꽃이 피면 그대를 건너질러

내 안에서도 환하게 향기가 켜집니다.

이제는 내 몸속 핀 꽃이

그대에게 건너갈 차례입니다.

모두 내 안의 일입니다.

얼룩

누군가를 생각한다는 것은

그 사람 인상을 마음에 들이는 것입니다.

그러면 온몸이 한 사람을 반응해

가던 길 문득 멈추게도 하고

책상에 엎드려 한쪽 팔로 얼굴 괴게도 합니다.

커피 속 우유가 번지듯

쿵쾅대는 심장의 이랑 속으로 물들어가는

너라는 색깔,

그러나 빈 가지의 나에게 아직 꽃이 되지 못합니다.

하지만 어쩔까요. 뜨거운 무언가가

속 깊은 곳에서 부름켜 따라 환해지는 것.

그것을 그리움이라 뭉쳐봅니다.

밤이 새서

빛깔이 향기로운 얼룩입니다.

여수

사랑하게 되면 그 사람의 세계가
내게로 와 가장 아름다운 풍경이 됩니다.
잦은 비와 공장의 매연,
비린 바다조차 사랑이 필터링되면
낭만과 감성의 도시입니다. 어쩌면
여수를 사랑할 수 있기 때문에
너를 떠날 수 없는 건지도 모릅니다.
정말 무서운 건 우리가
그 도시가 되었다는 것이겠지요.
어딜 가도, 어딜 봐도
너뿐인 풍경이기 때문입니다.
그렇다면 이주는 시작된 것입니다.
낯선 도시가 아름다워 보이기 시작했다면
그곳엔 그가 있습니다.

허밍, 허밍

하나의 운세가 되기까지 나와 같은 사람이
똑같이 겪었을 감정,
보편적으로 오늘은 웅얼거리기 좋은 날입니다.
반복되는 리듬은 년도와 날짜를
별자리에 넣어보거나 사주의 점에 뭉쳐주면
톤이 되기도 합니다. 그 믿음은 대체로 후렴구가 같아
한결같이 마음에 패턴을 줍니다.
장미가 울타리를 결어 봉오리 올린 다음
골목이 담벼락 따라 햇볕을 누벼놓으면
아, 오늘은 허밍에 가사를 붙여도 좋을 날.
운세에게 나를 입혀 가장 극적인
누군가가 되어보는 날,
잘 풀려 여기까지 왔네요 듣고 싶어요,
보고 싶어요 봄이 봄을 다물고 콧속으로 다만
소심하게 또 불러보는 사람.

그네

누군가 앉았다가 흔들리고 있는
그네가 있습니다.
여전히 그네는 남아 있는 반동으로

출렁입니다. 마음을 태우듯
몸의 중심에는 여운만 남아 있습니다.
우린 또 얼마나 쉽게 감정을 정지시켰을까.
그네가 대신 앓아주는 현실을,
발 떼고 삐걱삐걱 전해 받습니다.

첫사랑

'첫'이라는 관형사 뒤에 가장 어울릴 만한 단어가
지금은 먼 여행에서 돌아오지 않습니다.
언제 어디서 누구였는지 잉크에 번진 것 같은
사진엽서가 서랍에서 바래갈 뿐,

어떤 답신도 없이 추억은 어둡기만 합니다.
소년이 소녀에게 혹은 소녀가 소년에게
낯설고 아릿한 감정을 포갰을 때의 전율,
미래로 퍼덕이며 나아가는 힘이
기억을 밝혔던 거라고 생각해봅니다.
그래서 '첫'의 느낌은
여름 소나기에 젖은 목덜미 향기
플라타너스길 낙엽 밟을 때 소리
혀끝 닿았던 오돌토돌한 딸기
속에 있습니다.

사랑스런 추억

시간은 열차와 같아 한번 태운 인연은

그것대로 궤도를 따라 흘러갑니다. 잊었다 싶다가도

돌아보면 그 차편은 여전히 나의 소소한

간이역을 지나고 있습니다. 추억이 세워놓은

건널목에서 차단기가 내려와 땡땡땡,

하늘을 올려다보다가도

밥을 먹다가도 누구를 만나다가도

문득문득 멈춰서 한 사람을 생각해봅니다.

어쩌면 나는 일생을 지나면서 나였던 그를

가장 아름다웠던 그곳에 내리게 했는지도 모릅니다.

청춘에서 떠났던 기차는 여태 당신을 떠돌고 있습니다.

그래서 오늘 밤 도무지 떠오르지 않는 이름은

지금 막 모든 애착을 종착역에 부려놓고

쓸쓸히 차고지에 들어선 것입니다.

이제는 내 것이 아닌 희망과 사랑만

무의미하게 다가왔다가 멀어져갑니다.

그러다 지난 어느 추억에서 내린 내가,

아직 거기에 남아 있다고

풀꽃 틈에서 쪼그리고 나를 내다보는군요.

무화과

하나를 포기하면 다른 하나가 이유가 되어
내내 나를 들여다봅니다. 상대에게
나로 인식되게 하는 인상에는 이처럼
남과 다른 무언가가 빠져 있을 때
연민을 불러일으키기도 합니다.
가진 것 이룬 것 그 모든 것들이
아무짝에도 쓸모없다는 것을,
한 사람의 영혼 앞에서 느낄 때가 있습니다.
다만 그는 그여서 그로서는 그대로
행동하고 있을 뿐인데 왜 나는,
그를 나로 하여금 재단하고 싶은지.
아무 말도 못하고 묵묵히 뒤에 서서
혹 내가 누군가에게는 쓸쓸한 저녁 해를
눈시울에 담아둔 사람일지 모른다는
생각을 해봅니다. 그가 꽃이었을 때

나는 향기에 저무는 사람입니다.

따뜻한 흙

마음 두었던 곳이 꽃 피는 자리였습니다.
거기에 기쁨이 머무는 동안
향기로 그려낸 추억의 형체가
둥글게 씨앗으로 뭉쳐집니다.

나는 당신에게서 묻어온 내력
당신은 그 내력에 나를 점찍었던 사람.
씨앗이 내게 묻어와
한 시절 피었다 가는 상상을
심어줍니다. 아니 아직도 꽃 피는 자리에
그 마음이 있습니다.

2

운명이라고
그어도
　　　　　될까요

면역

가까운 사이일수록 인력이 강해서
시간조차 휩니다. 그 틈에서 간신히 그립거나
간신히 미워지는 감정이
블랙홀처럼 인연을 휩쓸어 갑니다.

애써 다른 일을 찾아 일부러 바빠져보고
멀어지기 위해 별별 생각이 분주한 날,
마음에도 궤도가 있어
어느 먼 가을이 이제 도착해 있습니다.
지나고 나면 운명도
면역입니다.

높이의 깊이

높이가 중력을 거느리면 낙하하는 모든 것들은

제 중심을 놓아주어야 합니다.

모래시계 뒤집듯

바닥이 마주보는 바닥에게 이어주는 실선을

운명이라고 그어도 될까요.

출생도 죽음의 높이로 삶을 실감하는 것이고

사랑도 사람의 깊이로 무한해진다는 것,

우리는 그 높이와 깊이를 숙명처럼

바닥에서 받들고 있습니다.

그러나 산다는 것은 무엇입니까.

미안하게도 매번 누군가를 저울질하며

손이 유용한 대로 함부로 짚으려 했던 바닥,

그 잃어버린 높이가

오늘은 아닐까 하고.

잎새 져버린 깊이를 걷다가 문득.

달을 듣다

달이 지는 것이 아니라 피는 것이라면
삶도 죽음 쪽으로 피어가는 게 아닐까,
달 속에 흐르는 물이 있으니
눈물샘처럼 솟고 또 솟는 슬픔도
이팝꽃으로 넘칩니다.
줄줄 흘러내리는 달빛을 닦아내면
손등에 묻어나는 습기가
오늘 깃든 생각입니다. 밤이 깊어
마음도 몸을 두고 아득히 떠도는 꿈길,
거기에 막 피려고 달처럼 누군가
멍울져 있군요.

사랑이라는 유배 2

사람마다 생각이 정류하는 시간은 다릅니다.

어떤 이는

긴박하게 흘러가는 급류에 간신히 몸을 내맡기기도

하고,

어떤 이는

멈출 것 같은 터빈에 기대어 몇 방울의 기름을 떨굽니다.

하지만 시간은 빨리 가든지 느리게 가든지

한 세상에 대한 반응일 뿐입니다.

꽃이 피는 중이라면

뿌리의 근심을 이해해야 하고,

꽃이 지는 중이라면

잎의 결연함을 용서해야 합니다.

사랑이 타인이라는 시차를 견디는 것처럼

운명도 결국 나와 당신의 환승에 관한 이야기입니다.

상행과 하행이 엇갈릴 때

마음은 단 한 번 눈빛에서 움터옵니다.

지금,

꽃이 피는 힘과 지는 힘이

한순간에 있습니다.

그 기다림과 조급함 사이.

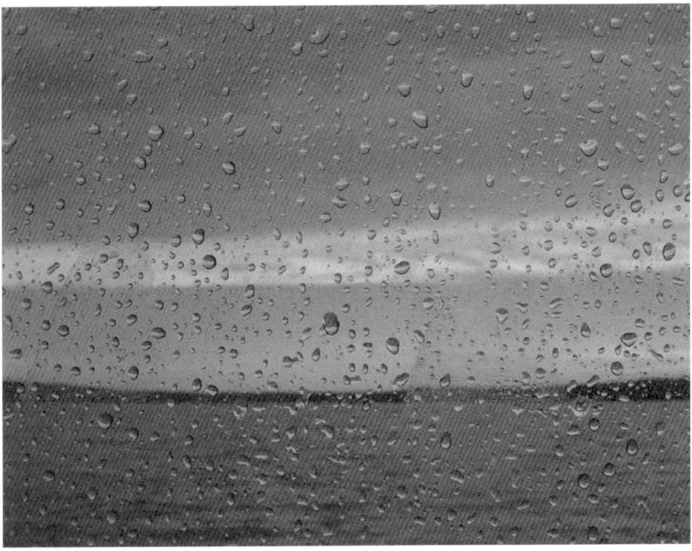

당신의 일기예보

일기예보 듣는 날은 내일로 미리 마음을 보내놓고
몸이 그 수신을 보려는 게 아닐까.
미리 살아본 내일,
라디오에서 흘러나오는 예보는
주파수가 닿는 곳의 일기를 먼저 알려줍니다.
떠나지 못한, 떠날 수 없는 사람에게
내일은 벌써부터 구름을 불러 모으고
비를 뭉쳐놓습니다. 당신을 예감하는 것도
이와 같아서 오늘이 내일을 만나러
채비를 해야 합니다. 마음은 항상
당신이라는 바닷가에 머물러 있습니다.
내일 비가 내리면 사진 몇 장이 인화되어
오늘 예감에 걸어둡니다.
라디오가 그렇다고 속삭입니다.

목력 木歷

나무는 그 자리에서 묵묵히 제 생을 살아내었던
것입니다.
계절을 겪으며 스쳐 지나는 인연에도
가지 드리우면서
한 해 한 해 나이테에 자신을 새겨 넣었을 것입니다.
그런 나무를 자른다는 건
나무의 일생을 저버리는 것과 같습니다.
베어낸 밑동을 들여다보면
그렁그렁한 나이테 눈망울로
설핏 젖어 올려다보는 것 같은 서늘함.
끝내 살아남아 밑동 옆으로
기어이 새 가지를 내미는 나무에게
그 눈빛에게 나는, 우리는 무엇이었을까.
무슨 말을 해주어야 할까.
생각해보는 날입니다.

나는 한때 구름이었다

공기 중의 수분은 구름이 되어 비가 되기도 하고,
세상을 떠돌다 눅눅한 습기가 되기도 합니다.
그러다 몸에 깃들어
한 사람의 눈물로 글썽입니다.
세상의 물질이란 118개 원소의 조합에서
벗어나지 않습니다. 그 안에서
생성과 소멸을 거듭하며
새로운 주기율로 명명될 뿐입니다.
그렇다면 이 가을비는
먼 미래의 누군가 이름입니다.
그날이 머물다 갑니다.

화병

스민다라는 말을 좋아합니다.
이곳에서 저곳으로 나에게서 당신에게로
둘의 낯섦 사이 가장 연한 틈 맞대어
서로를 배어들게 하기 때문입니다.
그래서 아무리 단단하다고 정색해도
스며오는 감정에게는 무던하기 마련입니다.
가령, 금간 화병은 실금을 지켜주기 위해
더욱더 스스로를 그러모았을 것이고,
귀퉁이 실금은 화병을 그러모아주기 위해
더욱더 스스로를 금 안으로 지켰을 것입니다.
이렇게 서로 돕는다는 솔선의 순수함을 이해하다 보면
그것이 가르침이었다는 믿음이 생겨납니다.
꽃 보고자 했던 욕구는 결국 꽃을 봄으로써
해결된 게 아니라, 그 부분만이 해소된 거라고
생각해봅니다. 꽃 틔우기 위해 안간힘을 썼을 뿌리와,

금간 틈으로 더디 빠져나가는 습기의 연대가

화병의 개화 속도였으니까요.

꽃처럼 보고자 했던 것에만

눈높이를 맞춰온 우리의 가랑이 틈으로

얼굴 하나둘 스며 나와 세상 낮은 곳을 보아줍니다.

지퍼에게

둘이 하나가 되기 위해서는
하나에서 둘로 나뉠 수 있는 자리가 있어야 합니다.
그곳에서는 한 사람이 볼록하면 다른 한 사람은
오목한 생각으로 엇갈립니다.

삶은 거기에 매달린 고리와 같아
매번 마음을 다잡습니다.
아귀가 맞지 않아 겉도는 사이라면 더더욱
실 없이 낀 욕심을 바로잡아야겠지요.
하나를 주면 다시 하나를 받는 게 채움의 원리여서
나와 당신도 이 세상 맞물리도록
나란히 숨질에 박혀 있습니다.
버긋해도 어쩔 수 없습니다, 올리든 내리든 이젠
우리 밖의 소관입니다.

3

지금 여기가
사실은
　　　거기였었다는 거

봄밤의 꿈

이틀 밤도 아니고 나흘 밤도 아닌 사흘 밤,

너무 짧거나 너무 긴 그 사이가

당신이 내게 머무는 마음의 시간입니다.

사흘이면 꽃들도 피어 흐드러질 수 있고

사흘이면 생각이 가장 환해지는 조도를 가졌습니다.

소심한 듯 약소한 듯싶다가도 사흘, 하는 발음에

그리움이 설핏 새기도 했을 밤.

그러나

거기에 있을 거라고 있어야 할 곳이라고

다가가보면 사흘은 떠나기 쉬운 날이었습니다.

하루 이틀 사흘,

여전히 돌아보기 쓸쓸한 날이었습니다.

뒤

뒤를 보이고 싶지 않아

먼저 가라고 했습니다.

뒤가 자꾸 결려서 앞에서는

애써 태연한 척했으나

그도 뒤가 아쉬웠던지

한 번 더 돌아봅니다. 그 눈빛

아리다고 해야 할지

애처롭다고 해야 할지

짧은 순간,

시간을 멈추고

그에게 다가가

코를 찡긋하고

장난으로 귓불을 잡아 흔듭니다.

정지된 그 시간

구겨진 깃도 바로 세워주고

옆구리에 묻은 잡티도 떼주고

그의 어깨에 양손 얹고

가만히

두 눈을 다시 들여다봅니다.

이제 뒤가 두렵지 않습니다.

그래요, 뒤에 있을게요.

먼저 가요,

뒤돌아보지 말아요.

생일

생일은 태어난 순간부터 현재에 이르기까지를
되돌아보는 의미를 가집니다.
어떻게 살아왔는지, 또 어떻게 살아갈지
막연하게나마 의미부여가 되는 날입니다.

삶은 세상의 중심에 나를 세워두고
밤하늘을 보여줍니다.
어쩌면 죄가 되었을지도 모를 날들의 상처와 미련,
아쉬움이 별처럼 반짝거립니다.
아무도 사랑하지 않을 거라고 말했다면,
더 이상의 이별은 없을지도 모릅니다.
그러나 그럼에도 불구하고 그리워지는 것,
벗어나지 못하는 이 生의 매혹입니다.

어느 사랑의 기록

그가 내게 상처를 줬다면

상처가 그를 길들여놓은 것입니다.

가볍게 지나친 말이라도 곰곰이

되짚어볼 때가 있습니다.

마치 수학공식이 맞아 우르르 풀리는 문제처럼

상대는 감정의 인과에서 벗어나지 못합니다.

상처를 주는 사람은 그만큼 상처를 받은 사람입니다.

자신을 드러내기 위해 상처는 종종

가장 자극적인 소통의 방식이 되기도 합니다.

사랑은 하나가 될 수 없는 둘이

끝없이 모서리를 찧는 행위일지 모르겠습니다.

모난 곳을 서로 찌르며 아파하며

서로가 이해되는 '우리'가 되어가는 것.

그러므로 사랑은 상처가 지어놓은 사원입니다.

마음이 건너갈 틈이 없다면

그냥 웃고만 있어도 무관심한 시간이

당신을 메워갑니다. 이 기분을

금간 상처에 발라놓아야겠습니다.

서랍

심연과 같은 마음에도 부력이 있습니다.
망망한 하루를 보내면서
서랍 열어보듯 문득문득 떠오르는 것,
그리움 같거나 쓸쓸함 같은 어느 생각이
부표처럼 시간 위에 떠 있곤 합니다.
그대에게로 떠오르기 위해서는
그대 안에서 잠을 잔다는 기분으로
두 손을 머리 쪽으로 벌리고
편안하게 누워 기다려야 합니다.
앞으로의 날들을 두려워 말고
눈은 먼 미래를 향하되 귀는 그대와 곁이 되도록
수평해야 됩니다. 아, 이제
떠오릅니다, 천천히 떠오르기 시작합니다.
등대의 불빛이 길게 여기로 드리워집니다.

냉이꽃

폭염을 열고 들어가 슬리퍼 한 짝 들고 나옵니다.
아무렇게나 벗어둔 슬리퍼는
맨발이 마루를 신기 위해
딱 한 번 털었던 공중의 일이겠지만
다시,
한쪽 발로 몇 걸음 뛰어가
엄지발가락으로 걸어내는 것처럼
옛일은 아쉬운 것부터 신겨집니다.
슬리퍼로 밖에 나갈 수 있을 때는
창문을 열어두어도 됩니다. 누구를
들여놓아도 이때는
사랑도 이별도 열대야입니다.
어쩌다 눈 감고 있었습니다.
폭염이 슬리퍼를 그쪽에 미끄럽게 벗겨 던집니다.

물방울

지금 이 순간을 미래가 지켜보고 있어,
이 말이 공중으로 흩어지며
서서히 바닥에 내려앉습니다.
그러다
그러다
곰곰이 생각해본 어느 하늘이
그 말을 자장처럼 끌어올립니다.
시간이 거꾸로 돌아가며
주마등 켜고 옛일이 잠시 환해집니다.
그랬었지, 그랬던 거야, 그래야겠고.
중얼중얼 뭉쳐지는 것들.
견디고 견디다 보면
구름의 안압도 핑 돕니다.
미래가 지금 여기로 내리고 있습니다.

여기가 거기였을 때

여기가 한때 거기였음을 추억하고
거기가 또 여기를 그리워한다는
생각을 해봅니다. 여기에서 거기까지의 거리,
마음과 마음이 쓸쓸해하는 감정의 간극에서
문득 잃어버린 길 앞에서
거기를 찾습니다. 거기, 괜찮습니까
지금 여기가 사실은 거기였었다는 거.

서해 바다에 가서 저녁놀을 보거든

외출한 옷이 늦은 저녁을 갈아입는다. 씻기 전에 호주머니
가 습관적으로 바지 밖으로 속을 내밀었다. 지갑과 열쇠고
리 곁에 몇 장의 영수증, 동전들이 책상 위로 딸려 나왔다.
하루가 내게 거슬러준 것들이다. 접힌 영수증 사이로 숫
자들이 읽힌다. 계산이 정확한 이 조합은 언젠가는 내 일
생을 마지막으로 정산할 수도 있을 것이다. 오늘은 누구를
만났던가. 사람을 만나 곁에 있다 보면 그에게로 채워진
'나'라는 수식을 알 수 있다. 어떻게 더해지고 있는지, 또
무엇으로 나눠지고 있는지 몇 마디 말에도 밑줄이 생겨난
다. 눈빛을 마주해도 끝없이 펼쳐진 바다를 막막하게 들여
다보는 기분, 첫인상이 강렬한 부표의 역할이라면 후일의
감정은 그곳에서 멀어져온 향수鄕愁이던가.

그런 게 아니지, 삶은 어딘가로 나를 유배시키려고 이 저
녁까지 데려오지 않았을 거야. 동전을 주섬주섬 주워 책상
구석 저금통 속에 하나씩 넣는다. 딸각딸각 저들끼리 부딪
치는 쇳소리. 벌써 몇 개째 저금통이 그 소리들을 모아왔
다. 그랬다. 나 스스로도 어떻게 해야 할지 몰라 무작정 버

스로 향했던 바다였다. 오후 내내 백사장을 걷다가 어느
계단에 앉았다. 양손이 접은 무릎을 감고 있었다. 턱을 그
위에 올려놓고 파도와 눈높이 맞췄던 그날. 저금통 안은
마치 이역의 인연을 끌어온 듯 한 닢 한 닢 낯선 지문들로
북적인다. 누가 나를 모으기 위해 저토록 생각으로 끌어왔
는지 나 또한 이 시공간에서 잠시 짤랑이고 있겠구나 싶은.

남은 동전을 마저 홈에 밀어 넣는다. 저녁놀이 천천히 수
평선 너머로 투입된다. 어느 바다보다 서해에 끌리는 이
유는 일몰에서 피냄새가 나기 때문이다. 산다는 건 때로는
일생 동안 제 안의 피를 지피는 것이므로. 그러나 황혼을
들여다보며 그때 할 수 있는 건 고작 막차 시간을 잊지 않
는 것이었다. 감정은 흘리는 것보다 채우는 편이 더 무던
했던가. 꽃과 나무가 사계절에게 그토록 타이른 것은 때를
알아야 한다는 것이다. 뿌리는 훗날의 꽃이나 열매가 속
하고자 했던 색을 결코 잊지 않는다. 갓 틔워낸 한마디 말
에도 내면에서 길어 올린 흔적이 있다. 모월 모일 몇 시 몇
초까지 데이터화된 내가 거대한 전산망에 기입되고 있듯.

문명이 발달할수록 우리는 각기 하나의 바코드가 되어간다. 스러져가는 볕에 읽히는 표정처럼 한 生이 그렇게 입력된다. 붉은 해를 검은 점으로 바꾸는 망막의 시신경이 여태 추억에 떠돌다 표류해온다. 그래서 해변의 포말은 바다가 할 수 있는 최선의 어루만짐이다. 망망대해 아무것도 할 수 없었던 대기의 마지막 속삭임이다. 서해는 수많은 저녁 해가 채워진 홈통만 같아, 그곳에 가서 우는 사람은 조용히 제 안의 열로 끓어 넘치는 자다. 불티가 날리고 연기가 자욱한 그 안에서 제 수심으로 가라앉아야 한다. 샤워기에서 연신 쏟아지는 물줄기가 머리에서부터 발끝까지 흘러내린다.

하루의 일과를 마치고 씻는 행위는 마치 하나의 제의祭儀 같다. 이 생각 저 생각이 경건하게 수챗구멍으로 엉기다 빠져나간다. 기억은 대체로 슬픔을 매개로 저장되는 속성을 지녔다. 서해 바닷가에 가면 그날의 풍경이 중첩되어 아득해지곤 한다. 그리고 나는 어떻게 집에 돌아왔는지는 생각나지 않는다. 다만 저녁 해를 오래 바라보면 눈 한가운데 검은 점이 생기고 그 안으로 빨려 들어가는 각오가 있다는 것. 그 안에는 수없이 피고 지는 마음의 군락이 펼쳐져 있다. 그러므로 무언가를 마음에서 비우는 것은 제 영토가 붉게 타들어가는 풍경을 맨눈으로 보는 것이다.

IV

추억은

추억끼리   모여 삽니다

1

그리움이라는

향수병

정처

정처定處 없다는 말에는 여행의 여백이 있습니다.
정한 곳이 없으니 어딜 가도 다다랐다는 기분,
그래서 정처와 당도當到는
한 곳을 향한 진행형의 그리움을 나눠 가졌습니다.
사람에 대한 마음도 그와 같아
먼저 와 있다고 해도 먼저 간 것 같고
기다리지 않아도 기다린 것 같은
생각을 지울 수 없습니다.
고독은 혼자 앓다가 타인을 부르는 감정이면서
외따로이 그에게 등대를 켜는 일입니다.
오늘 당도한 마음이 어제로 떠나고
내일 도착할 마음이 오늘 길을 잃습니다.
그리움이라는 향수병입니다.

욱

추억 속에는 청춘이 있고
잊히지 않는 이름 하나쯤은 간직하고 있습니다.
훈장 같은 그 이름은 어느 날 어느 때든
불현듯 찾아와 시간을 멈추게 한 채
풍경 속에서 빛을 내기도 합니다.
지금은 어떻게 살고 있는지
또 어떻게 나를 잊어갔는지
궁금하기도 하여서 검색창에 적어보기도 했던,
청춘에 덴 흔적이 여태 아릿하여
마음 안쪽에 칭칭 감아놓은 이름.
잊었다고 잃었다고 떠오르지 않다가도
새벽잠에서 깨어 한쪽 눈 뜨고
맞다, 그 이름. 발음해보기도 했던.

단 한 사람

단 한 사람이 거기에 있었습니다.
사막이 바다가 되고
고래가 모래바람 속을 유영하는
그 오랜 시간, 그는 거기에서
기다리고 있었습니다. 이제는
나와 너조차도 기다렸다는 것을 잊어버렸지만
그는 말없이 우리를 바라봅니다.
어쩌면 한때 우리라고 불렀던 날들이
그 사람에게 가 있는지도 모릅니다.
단 한 사람 그가
오래도록 황량한 기억에 서 있습니다.

미늘

어느 날 내 안으로 스며온 것 같은데
알 수 없이 시간만 흘러 잊힌 사람,
잊었다고 떠나보냈다고 다그쳐보지만
짐작할 수 없이 뇌리에 맴도는 사람,
그가 사실은 명치끝 방에서 입구를 봉하고
쓸쓸히 은거하고 있었다면 어떨까.
인적도 없는 그곳에서 아주 오랫동안
몸의 소리를 켜두고 기대고 있었을 그,
어쩌면 나는 그를 그렇게 가둔 것인지 모릅니다.
그를 사육하며 내 감정을 길들였는지 모릅니다.
그러나 문득, 눈물이 솟는 이유는
멍으로 진해진 그가 내 안에서
미어지기 때문입니다. 명치끝 아린 그날은
세상 어딘가 그가 타인이 되어가는 어스름입니다.

잉어가죽구두

시간은 나아갑니다.

과거에서 미래로 유영하듯

매일매일 저녁 해를 밀고

유유히 빠져나갑니다.

한 마리의 비단잉어처럼

지느러미가 서녘 지평선이나 수평선을 지날 때

스치는 느낌,

하루하루 반복되는 둔덕에

닳고 닳은 삶이 붉게 충혈되어 있습니다.

더러 끼인 채 주저앉아 있어도

시간은 나아갑니다.

뒤쫓지 못한 감정이

과거에서 기억으로 바래갑니다.

결

꿈이 뒤척일 때마다 빗소리가 샙니다.
베개를 이리 대보고 저리 대보아도
잠 속은 국지성 폭우처럼
생각을 몰고 옵니다.
빗물이 빗물을 밀어 웅덩이에 결을 내듯
툭, 꿈속에도 파문이 입니다.
저 밖의 빗줄기처럼
우리는 가까스로 빗겨가는 중일까.
빗겨서 이렇게 곁인 걸까.
곁이어서 그리운 걸까.
'곁'은 '결'과 같아서
꿈속의 파문을 열고 CD를 끼워 넣습니다.
음악이 뒤척일 때마다 밤이 샙니다.

노을

잘 가, 라고 흔드는 손에는
다섯 개의 손가락이 슬며시 펼쳐져 있습니다.
생각해보면 이별을 알리는 결정적인 수신호가
그 손가락들이었습니다.
아쉬워서 쓸쓸해서 그리워서
한 번 더 흔들어보는 손,
살면서 얼마나 많은 일들에게
그 손짓이 있었는지
사랑이나 절망도
손가락 사이로 저물어갑니다.

새날

자고 일어나면 괜찮아질 거야,
앓고 있던 그 무엇을 낫게 하는
가장 인간적인 처방입니다. 몸 스스로가
치유할 수 있도록 시간에 눕히는 것이지요.
지나서 보면, 상처가 깊을수록
흉터는 기억으로 환하기 마련입니다.
개벽이란 시대를 열어놓고 새로움을 채우는 것이라고
생각해봅니다. 새사람은 옛사람의 비유에서
진실을 떠낼 수 있어야 합니다.
조금 기쁘고 조금 슬퍼서
자고 나면 괜찮은 새날이
쓰러진 몸들을 일으켜 세워줄 것입니다.

그 사람은 돌아오고 나는 거기 없었네

지나고 나니 그 일에 대해 얼마나 어리숙했는지
그럴 땐 이렇게 했어야 했다고
후회를 할 때가 있습니다. 결정은 선택에게
미안하고, 선택은 못내 결정이 가엾습니다.
기다려줘야 한다는 것만큼
쓸쓸한 게 어디 있을까, 이 수동의 자세야말로
나를 어르며 다독이는 고독만 같습니다.
그래서 기다림은 문득문득 그 사람에게 전하는
타전이면서 편지였습니다. 이제는 어쩔 수 없는,
가만히 있을 수밖에 없는, 내 뜻대로 되지 않는
그 사람을 잊은 듯 기다려본다는 것.
수없이 찾아 떠났던 길에서 돌아와,
그 사람은 돌아오고 나는 거기 없던 곳에서
다시 서 있어봅니다.

사막

추억은 추억끼리 모여 삽니다.
내가 잊고 있어도
그가 나를 잊어도
꿈속 어느 먼 지방에서는
추억들이 모여 오손도손 살아갑니다.
자다가 문득
까닭 없이 슬퍼졌다면 추억이 사는 그곳에는
한차례 비가 쏟아진 거라고
잠을 돌아볼 때가 있었습니다.
어느 날 꿈이 찾아와서
밤새 뒤척이는 나를 가만히 내려다보다가
옛일 하나 머리맡에 두고 갔습니다.
누구였는지 이름이 무엇인지
떠오를 듯 말 듯 한 사람의 기척이 느껴져
눈을 떠보았습니다.

한때 나였던 기쁨이나 슬픔, 희망 따위가

아무렇게나 널브러져

홍수 뒤 떠내려온 세간살이처럼

밀려와 있었습니다.

추억에서 깨어보니 선잠이었습니다.

소나기가 내리고 있었습니다.

2

자꾸 뒤를
돌아보지
　　　　말아요

여기서부터는

때가 되면 떠나야 한다는 말은
머물다라는 아련하고 쓸쓸한 말은
지구가 내 것이 아닌
바람과 계절에게 빌려온 생이라는 느낌입니다.

몸을 위해 그토록 애썼던 마음이
홀연 이별을 고할 때
적적함, 스산함, 섭섭함.
몸은 그런 생각만 하면 한쪽으로 돌아누워
눈물을 흘립니다. 낱낱이 분자로 흩어져
떠돌던 때가 그제야 떠올라
툭, 별을 떨굽니다.

산벚꽃

한 사람이 떠나고 그 빈자리에 별이 핍니다.
죽음은 이편에서 저편을 바라보는
애잔한 눈빛이어서
봄밤은 더욱 꽃을 앓습니다.

'나 여기 있다'고 산벚꽃 쿨럭이고,
봄의 서랍에는 약포지 같은 그늘이 접혀 있습니다.
있어야 할 곳에 지금은 없는 사람,
울어도 보고 원망도 하고 아파하고.
그 자리에 비가 내리고 꽃잎 소복하게 쌓여
천천히 말라갑니다.
별은 바라보는 사람이 안쓰러워
무연히 제 빛을 흐리고 있다고.

인파 속에서

산속에 있는 절은

산 밖의 사람을 풍경에 묻어둡니다.

거기에 가서 호흡했던 공기가

지금 이 순간에도 도시에 떠도는 것은

지나도 버려도 잊어도 비워도

문득 옛일에 묻어나기 때문입니다.

추억은 과거의 한 기점으로부터

얼마나 멀어졌나를 달래는 회상법.

세상을 떠난 사람이 애써

잊으라고 보내는 메시지일까 싶은,

인파 속에서

우연히.

강은 전생을 기억할까

강에서 우두커니 물결을 바라보다 보면
눈길 거두기가 어렵습니다.
매번 다르게 움직이는 물살이
웅얼웅얼 무슨 말이든 해줄 것만 같습니다.

단 한 순간 마주친 물이랑도
계곡을 거슬러 먼먼 어느 구름에 가 깃든
누구의 눈물일지도 모릅니다.
강이 흘려보내는 건 그렇게 물이 아니라
그를 만나기 위한 시간이겠습니다.
기억은 가장 아름다운 유속을 지녔습니다.
잊히다가도 한순간 반짝이는 한때,
거기에 당신의 눈빛이 있습니다.
눈시울 붉은 저녁이 거기입니다.

배회하는 저녁

시간은 흐른다기보다는

오늘이 어제와 내일을 동시에 살아내고 있다고

생각해봅니다. 그러므로 오늘을 기념하지 않는다면

시간도 사소해져 필생이 나열되지 못합니다.

여기서 당신이 그가 되려는 것은

그가 당신을 타인으로 남길 수 없어서입니다.

잊히는 것보다 그나마 '그'로 남는 게

최선이면서 최후의 보루이겠지요.

사람 스스로 죽을 수도 있다는 절박감도

몸을 위한 일종의 스토리텔링입니다.

시간은 과거와 미래 사이에 나를 놓아두고

양 끝단의 간격만큼 삶을 키워왔습니다.

분명, 시간을 잊으면 존재는 사라질 수밖에 없습니다.

그래서 가끔은 내가 나를 배회하고 싶습니다.

밤

흠칫, 뒤를 돌아볼 때가 있습니다, 밤
아무것도 보이지 않는데
누가 아련하게 보고 있는 것만 같아,
오싹하다고 할까.
애처롭다고 할까.
가던 길 다시 걸으며
나도 누군가를 떠올려봅니다.
별빛은 숭숭 뚫린 하늘에서
오래전 제 눈을 찾고 있는 거라고
누구나 제 마음으로 공글린 혹성이 있다고
구멍에서 눈빛을 반짝입니다.
몸은 밖이고 목은 안에 있습니다.
이 둘을 잘라낸 흔적이
애잔하게 바라봅니다.
흠칫, 자꾸 뒤를 돌아보지 말아요.

그립다는 말의 긴 팔

그리움이 깊으면 먼 곳일지라도

감정이 형체를 얻어

당신 눈앞에 설 수 있습니다.

목소리가 있는, 메시지가 있는 저편으로

몽글몽글 작은 공간이 열리고

그 안에 한쪽 팔을 넣어봅니다.

닿을까 만져질까 더 깊숙이

팔이 드리워지면

당신의 강가로 물이랑이 너울거립니다.

가만가만 어깨를 두를 것 같은

강물이 한 번 더 한 번 더

둑을 스쳐갑니다.

그 강변 톡톡톡 자판을 밟듯

메시지 적혀가는 발소리.

눈 감으면 흰빛

그리움에게 색이 있다면 어떤 색일까,
누군가의 마음에서 색을 지우는 것은
애써 무심해보는 일.
꽃이 나비를 붙잡다 시들어갈 때
잠을 자다 문득 깨어 다시 자려 할 때
지웠다고 지워졌다고 생각했던
한 사람이 다녀갑니다.
서늘한 오후 무심코 앉은 빈 의자에서
온기가 느껴지는 기분.
그리 알아야겠습니다.

멀리서 가까이서 쓴다

멀리 있거나 가까이 있거나

그리움의 필체는 달라지지 않습니다.

피었다 지는 것도

꽃이 계절에게 쓰는 편지입니다.

'덧없다'에는 모든 경계를 허무는 헛헛함이 있습니다.

산 사람이 죽은 사람과 쓸쓸하게 연대되는 느낌.

언젠가는 잊힐 줄 알면서도 그리워하는 사이,

계절이 멀리서 가까이서 꽃을 놓아줍니다.

한 사람이 지면 어딘가 그 사람이 핍니다.

3

인생이
책으로
　　읽힌다면

고음 실종되다

어쩌다 아무 말도 하지 않을 때가 있습니다.
그러다 내뱉은 첫 소리는
아, 그, 어… 제대로 톤을 잡지 못하고
저음만 튕겨내기도 합니다.

삶이 마지막 남은 기타 줄처럼
한 가닥 목숨에 의지하고 있는 거라면
세상은 미완의 악보일 수밖에 없습니다.
단지 한 줄의 음역을 평생 오갈 뿐입니다.
누구에게는 연주가 되고 또 누구에게는
반주가 되기도 했을 인연,
한때 화려한 독주로 갈채를 받았던 사람이
지금은 마음에서 끊겨
어느 후미진 추억에 나앉아 있습니다.
아, 그, 어… 제대로 톤을 잡지 못하고
점점 낯설어지는 걸 어쩌지 못합니다.

정오

자동차에 몸을 넣고 한 시간을 돌렸더니
푹푹 찌는 종로가 나왔습니다. 몇 개의 계단과
엘리베이터가 다이얼처럼 돌아가면
휴대폰이 바싹한 낯빛을 들여다봅니다.
사람들은 퇴근시간에 맞춰
피곤에 버무린 표정을 내옵니다.
술집은 연신 얼굴들을 달구고
몇몇은 골목에 나와 흰 연기를 달굽니다.
끈적끈적한 보도블록이 자판처럼
톡톡 밟힐 때
아직 여기 있다고 어디 있냐고,
추억이 자정을 열고 누군가를
꺼내고 있습니다.

어둡고 더 어두운

정신이 몸을 이끌고 삶의 순간을 지난다고
생각했습니다. 그러나 알약 하나에
고통도 사라지고 기쁨도 몇 배 커지기도 합니다.
어쩌면 몸은 일생 동안
정신을 길들이고 있는지도 모릅니다.
술이 뇌를 취하듯,
약이 세포를 다독이듯,
사람의 위胃가
반응하여 이뤄낸 메시지입니다.
그런 날은 '마음의 자전自轉'으로
밤바다가 어둠 털어
알약 같은 저녁놀을 삼키는 것만 같습니다.

노란 수족관

해변으로 난 창문이 수족관입니다.
바다 풍경으로 가득 채워진
베란다를 열고 라이터 켜면
불꽃은 열대어처럼 꼬리를 흔듭니다.

담배 끝을 스치는 지느러미에
잠시 환한 불이 상영되는 감정,
권련이 타들어가듯
사람도 사랑도 연기처럼 하얘집니다.
몸은 새벽으로 포개져
따뜻하다 끝내 뜨거워져갔을 가을,
담배연기도 밀실의 속삭임도
다만 가로등 불빛처럼 노란,
어느 날의 일입니다.
그 해변엔 지금도 추억만 남아
훗날을 거닐고 있습니다.

마량진

바다에 가서 지는 해를 바라본 적이 있습니다.

저녁놀이 수평선 너머로 완전히 사라질 때까지

가만히 무릎을 두 팔로 감싸고

다만 조용히 그렇게.

그때는 눈을 감아도

다시 다른 곳으로 눈을 돌려도

저녁 해는 검게 눈 속에 남아

내 안 저물 수 없는 것들과 뒤섞여 있곤 했습니다.

구멍 숭숭 뚫린 갯벌이 밀물에 잠겨갈 때

빨판처럼 찰싹 엉겨 붙는 어둠,

캔맥주 마개 뜯어 새는 파도소리가

밤새 가로등 불빛에 취해 흔들리곤 했던.

安東 저쪽

가야 할 곳이 있어
몸이 소포처럼 온전히 배달되는 기차라든가
버스라든가 지하철 좌석에
가만히 앉아 있다 보면
삶도 소인에 찍힌 우편 같다는 생각,
죽음이라는 배송처에서 서명하듯
뜯어보는 사연은 환등처럼 生으로 어른거릴 텐데.
그래서일까요.
너도나도 휴대폰을 열고 무언가에 골몰할 때
그 옛날 펼친 책 한 권이 읽어주던
청춘의 표정이 설핏 스칩니다. 글자를 알게 된 후
글자가 나를 만나러 행간을 걸어왔던 설렘 같은 거.
누구나 과거 어딘가에서는
배지校標를 달고 갈피 접은 책을
펼쳤던 적이 있었습니다.

영화의 한 장면처럼 기억이 상영하는 차창을

지금 보고 있습니다.

속수무책

인생이 책으로 읽힌다면

당분간 페이지는 맨 뒷장을 위해

문장이 흐려 있을 것입니다.

삶을 독해하려고 그 많은 시간이

나를 읽어왔으나

나는 그 수많은 시간을 은유에 허비했으니

누가 나를 이해할 수 있을까 싶은.

마음이 밀고 가는 글자와

현실이 끌고 가는 문맥은

지금 여기에서 뒤섞여 화학적으로

낯선 그 무엇이 되어간다는 상상,

책이 인생을 적어낸 것이 아니라

맨 뒷장의 인생이 여기까지 읽어왔다고

오늘을 세모로 접어둡니다.

내일은 잠시 타인이 되었습니다.

글자 속에 당신을 가둔다

글은 스스로 살고 싶었을 것입니다.
글자 속 새겨진 문양에서 의미가 생겨나자
아예 당신을 가둬놓고
어느 날 저녁에서 빠져나오지 못하게 합니다.
그러니 당신은 글에게서 당신의 당신 하나를
잃어버린 것입니다. 글이 읽힐수록
더욱 당당해지는 이미지는 당신을
수사修辭 끝으로 내몹니다. 아직도 그 글은
세상을 떠돌며 한때의 당신을 사칭하고 있습니다.
지금은 당신이 그 당신과는 다르다는 것을 압니다.
당신 또한 시간이 지나면 새로운 당신으로
대체되기 때문입니다. 글자 속에
영영 갇혀버린 사람, 글은 그렇게 당신으로
살면서 짤랑거리는 눈빛을 적선 받습니다.
거기에 밑줄이 쭈욱 긁힙니다.

그제야 당신이 잠시 비어져 나옵니다.

여행가방

떠난다고 마음먹고 나서부터는 가방이
주섬주섬 나를 챙겨 넣습니다.
가방은 가야 할 곳에 미리 가서
제 지퍼를 열어본 듯
그날의 날씨와 그날의 사람을 위해
이것저것 들어갈 구석을 내어놓습니다.
혹시 잊고 있는 것은 아닌지
잊어서 놓친 것은 없는지
떠나기 전날,
닳은 귀퉁이를 거울 속으로 들여다보며
지난 여행들을 떠올려보기도 합니다.
그런 가방이 오늘은
지퍼 손잡이를 쥐주지 않습니다.
가방은 언젠가 나를 버릴 생각을 하는지도
모릅니다. 어느 날 제 안의 것을

모두 비워놓고 길모퉁이나

아파트 어둑한 구석에서 지퍼를 열어놓은 채

제 허물을 끌어안고 주저앉아

있을 것만 같습니다.

새 가방이 여행에서 돌아왔을 때

뒤꽁무니에 붙어 그제야 내가

외투의 지퍼를 내리며 덥다.

그런 말 해놓고서

문득 나도 가방이 되어간다고.

이 빠진 시간 앞에서

어느 날.

글이라는 여행

글을 쓴다는 것은 내 안의 미지로 여행을 나서는 것이다. 낯익은 것들로부터 추방된 혹독한 길을 걸을수록 글의 결이 서고 시공간이 초월해간다. 이러한 몰입에 이르게 되면 그때는 오히려 낯선 시간들이 내게로 걸어와 나의 일부가 된다. 내가 사라진 곳에서 새로운 삶이 태어나는 것이다. 나는 글을 쓰기 위해 주술처럼 몇 가지 채비를 챙긴다. 나침반과 같은 뉴에이지 피아노 연주곡, 일상이 끼어들 틈 없이 방음이 완벽한 헤드폰, 이역을 기록할 한글프로그램 신명조 10 장평 97% 자간 -3% 줄간격 180, 공복을 공급해주는 진한 커피 한 잔. 그다음은 무의미한 시간에 맞설 수 있는 구석진 방이면 된다.

사색이란 나를 남겨두고 낯선 곳에서 일생을 살다 온 생각과 만나는 시간이다. 나는 기행奇行을 말하려고 하는 것이 아니다. 누대의 생이 거쳐온 방식을 뒤따를 뿐이며 아직 보지 못한 것을 보려 할 뿐이다. 낯선 곳을 상상한다는 것은 낯선 삶, 낯선 나의 눈동자를 상상하는 것일지도 모른다. 그래서 글쓰기는 나의 밖을 보는 것이 아니라 나의 내면을 응

시하는 것이다. 현실에서 낯선 내면의 영혼과 닿을 그때만이 몸속을 떠도는 음악에 체류할 수 있다. 마음에 새겨지고 침식하고 먼지가 되어가는 그 흔적에서 생은 음계를 이룬다. 그러므로 글을 쓰는 것은 나를 기억하고 들으려 하는 행위이다. 기억이 가지고 있는 흔적, 기억에 찍혀 있는 그 지문을 읽어들이는 것. 그것이 경험이든 상처이든 글쓰기는 명멸을 거듭하는 내면의 생을 이해하는 형식으로 쓰인다.

여기에 더 필요한 것이 있다면 약간의 불행과 고독, 쓸쓸함 같은 것이다. 가없는 침묵에 뿌리를 드리우는 듯한 감정. 녹록지 않은 삶의 연속이라는 느낌. 또 그것을 두려워하지 않는 상상. 그 영역에 접속하게 되면 죽음도 단지 바깥이라는 기분이 든다. 그곳은 나에게 있어 도달해야 할 영역이다. 그렇게 나는 늘 내가 거역할 수 없는 은유가 운명처럼 나를 데려간다고 믿는다. 마치 백석의 흰 바람벽처럼 '나는 이 세상에서 가난하고 외롭고 높고 쓸쓸하니 살어가도록 태어났다'고.

비애는 위독하지만 아름답다. 연애인 듯 실연인 듯 청춘을 앓아보는 것 또한 내가 생각하는 세계의 배경이다. 안개처럼 희미하지만 기억이 가지고 있는 청춘의 표식이나 상징은 생각의 밀도를 짙게 하므로. 생각해보건대 글쓰기는 기술이 아니다. 문장에 진정성이 담겨야 읽는 이의 감성에 승인되기 때문이다. 새로운 진실일수록 깨달음의 진폭이 크고 성찰에 대한 미각도 다양할 거라는 생각. 글을 쓰고도 글을 읽고도 달라질 것이 없다면 우리는 아직 원시의 동굴에서 횃불에 비친 제 생애를 알아보지 못했을 것이다. 글을 통해 투과되는 나를 찾아내고 그 너머의 실체에 의미를 부여하는 것이 진정한 글쓰기일 터. 매순간 살아 있다는 가치, 글쓰는 시간에 대한 향유를 전제할 수 있다면 나는 이제 첫 문장에 접어든 것이다.

나에게 마음을 건넨 시의 집[詩集]

| 마음에도   길이   있어

227

II 이제　　　　잊지　　않으려고요

Ⅲ 사랑도 이별도 열대야입니다

IV 추억은 추억끼리 모여 삽니다

p. 199: 신용목 시집 『누군가가 누군가를 부르면 내가 돌아보았다』
(창작과비평사, 2017)

p. 200: 문인수 시집 『그립다는 말의 긴 팔』(서정시학, 2012)

p. 202: 신미나 시집 『싱고,라고 불렀다』(창작과비평사, 2014)

p. 203: 박남준 시집 『그 숲에 새를 묻지 못한 사람이 있다』
(창작과비평사, 2016)

p. 205: 류명순 시집 『새들도 변종을 꿈꾼다』(천년의시작, 2017)

p. 207: 조말선 시집 『둥근 발작』(창작과비평사, 2006)

p. 208: 황동규 시집 『사는 기쁨』(문학과지성사, 2013)

p. 211: 김종미 시집 『가만히 먹던 밥을 버리네』(작가세계, 2013)

p. 213: 김윤 시집 『전혀 다른 아침』(천년의시작, 2013)

p. 214: 김명인 시집 『동두천』(문학과지성사, 1979)

p. 217: 김경후 시집 『오르간, 파이프, 선인장』
(창작과비평사, 2017)

p. 218: 이선영 시집 『글자 속에 나를 구겨넣는다』
(문학과지성사, 1996)

p. 220: 박서영 시집 『붉은 태양이 거미를 문다』
(천년의시작, 2006)

마음을 건네다

초판 1쇄 발행 • 2017년 10월 25일

지은이 • 윤성택
펴낸이 • 김요안
편집 • 강희진
디자인 • 레오

펴낸곳 • 북레시피
주소 • 서울시 마포구 신수로 59-1, 2층
전화 • 02-716-1228
팩스 • 02-6442-9684
이메일 • bookrecipe2015@naver.com | esop98@hanmail.net
홈페이지 • www.bookrecipe.co.kr | http://bookrecipe.modoo.at
등록 • 2015년 4월 24일(제2015-000141호)
창립 • 2015년 9월 9일

종이 • 화인페이퍼 | 인쇄 • 삼신문화사 | 후가공 • 금성LSM | 제본 • 대흥제책

ISBN 979-11-88140-14-5 03810

이 도서의 국립중앙도서관 출판예정도서목록(CIP)은
서지정보유통지원시스템 홈페이지(http://seoji.nl.go.kr)와
국가자료공동목록시스템(http://www.nl.go.kr/kolisnet)에서 이용하실 수 있습니다.
(CIP제어번호: CIP2017026064)